大江満雄セレクション

木村哲也編

Oe Mitsuo Selection

書肆侃侃房

大江満雄セレクション

木村哲也編

目次

詩

散文

凡例

一、本書は、これまでに発表された著者の作品を精選し、詩と散文ごとに、それぞれ年代順に配列したものである。

一、収録作品の定本は、詩集収録のものは詩集に、それ以外は初出による。ただし、「四方海」のみ、詩集ではなく日本文学報国会編『辻詩集』（八紘社杉山書店、一九四三年）掲載のものを用いた。

一、初出誌・発表年月等は、巻末に「出典一覧」として記した。

一、明らかな誤字・脱字の類は、とくに断らず訂正した。

一、本文は、詩は新字体・旧仮名遣いとし、それ以外はすべて新字体・新仮名遣いで統一した。ただし、人名・雑誌名については正字を使用した場合がある。本文中の引用文についても新字体に改めたが、仮名遣いは定本のままとした。

一、数字や送り仮名等の表記については、定本のままとした。また、本文中の引用文において、原文との異同が見られる場合があるが、これを訂正することはしなかった。

一、現在では不適切と思われる表現は、時代背景ならびに作品の性格上、そのままとした。

一、本文に〔　〕で表記したものは、編者による注記である。

詩

病んでゐた少女

病んでゐた少女が窓を開けた
若い美しい青年が首を縊つ《っ》たといふ桜の木にも花が咲いたので
彼女の蒼い貌にも微笑がにじみ出た

五月と乞食

夜の街路樹のしたでしやがんで
乞食は銀紙のような空をしやぶるように喉を鳴らした
その朝太陽は病んでゐるお父さんを歩かせて乞食の前を通らした
連れてきた小供が林檎を落したので
お父さんはハハハと笑ひだした
乞食は葉つぱのように目を動かして見てゐたが
林檎を手ぎわよく押へたので差しだした

モヒ中毒患者

霧の夜私は林檎を嚙んで歩いてゐた
モヒ中毒のおぢいさんが足の爪をほじつて
虫が出た　虫が出た
自分ながら　なさけなくなる
と言ひながら　みんなの顔を見守つてゐた
巡査は虫を見つけたが小さな百足だつたので腹を抱へて笑ひだした
みんなも笑ふのでおぢいさんも笑はなければならない
私はナイフをだしておぢいさんの足の爪をほぢつてゐると
おぢいさんは注射器とパットをだしたのだ
虫が出てしまうといゝんだけどいゝんだけど
と言ひながら薬の無い注射器を凝視めてゐた

父親

ローゴクから出た時子供たちは大きくなつてゐた
けれども花が暗いところでちいさく咲いてゐるように
娘の胸はさびしかつた
父親は街を歩きながらまい日まい日職をさがした
それからなん日目にか頬笑んだことだらうか

精神病者

向ふに養鶏舎が見える
そして園丁小舎がちいさく見える
野菜畠と運動場がひろびろと見える
だけど病室の中は暗くて春の来ない窓がある
息苦しい目と目患者の顔は狂人のように鋭くて爪のようだ
精神を病む人だ狂人ではない狂人ではないひとだよ
感情のとみを失うたわれわれのお母さんたちだ
こんなところで治るつて誰が証明したのだ
五十人のあるいは六十人の不潔な雑居
医師たちは狂人のように冷こくな理智をもつ
たれが狂つてゐるか社会にはこのひとたちを盗んだ狂人がゐるのだ

きみも知つてゐる　きみも知つてゐる
われわれの歯はぎりぎり鳴るほどに知つてゐる

妹に似てゐるので花売娘が

女学校の門前で十二才ほどの小女が
地べたへ座つて花を買つてくださいなと言ふ
たれも買はないので私は金の無いことが淋しくなつた
では明日くるからねと約束して帰つたが
娘はそれからすがたを見せなかつた

メーデーの写生

曇つてゐる空だが
みんなの組合章で明るい
行列へ加はつてゐるおぢいさんは元気である

赤ん坊を背負つてゐるお母さんは
二万人の中でたつた一人
組合章を持たないで行列へ加はつてゐるのは赤ん坊一人である

血の花

きみの胸にも血がたか鳴つてゐるだらう
幾世紀間の群衆の肉体をつたつてきた希望だ
それは根づよく太い茎に流れてゐる群衆の血だ
集団の植物の花が季節に開いてゐるそれのように
時代に開く群衆の血だ

友情

緑になつた木の上に
太陽が美味しいそうにぶらさがつてゐる
近づいて行けば臭ひがするだらう
肺を病んでゐる友達が果実を好むから取つてやりたい

草の葉

ちいさな草を凝視めてゐると
いつまでも立つてゐて踏む者を見張りたくなる

二人の浮浪者ぢやない

藤岡にて

ぼく達　雪の桑畠で鉄砲うつた
朝鮮労働者とぼくが身震したのだ
話し合ひ　とけ合ひ胸んなかをふるはす　こ奴は鉄砲だ
赤城　榛名　妙義　浅間が見える
涙つてやつは感情の火薬だ
相手の男はぐいぐい歩いて行つた
サヨウナラ――サヨウナラ　涙つて云つてゐるやうに、歩いて行つた
ぼくは雪の中に無数のわれわれを感じた

機械の呼吸

機械の無情意
規律　関係　統一の美に
触角して
ぼくらは感傷性をはらいのける
冷たい知性の秩序をつくる

機械は　たんなる道具ではない
機械は　人間の感覚と思惟の能力　技術の発達　そのものだ
機械は　数学的な霊だ
機械の組織性は　人間の組織性

機械の生産性は　人間の生産性
機械の惨酷性は　人間の惨酷性

ぼくらは農村の原始的な水車のリズムを知っている
工場の機械のリズムを知っている
銀行会社の機械のリズムを知っている
都市という綜合的な巨大な機械のリズムを知っている
機械力による戦争の惨禍を知っている

ぼくらは　いっさいの機械を
より高い目的に利用することを
ねがっている

ぼくらは　いっさいの機械を
内臓して
呼吸している

音のない大砲

音のしない大砲はこわい
音響のない武器が
かえって怖ろしい
どこともなく　たまが飛んできて　たおれ
なんとも言わずに　死んでゆく

子供が
毒ガスのために
花束もったまま
遊びながら死ぬ

毒ガスのためにはマスクを
だれでも用意したい
呼吸をうばわれたくない
叫ぶ自由をうばわれたくない
音のない大砲で殺されたくない
ガスや光線で殺されたくない

適度な光と音響をたたえよ

ぼくたちは毒ガスにつつまれている

毒をもつたイデオロギーの
ガスにつつまれている

そのうえ音のない大砲にねらわれている

乳のでない母とミルクで育った子達に

連合ベルリン発ニュース——
これは
ドイツとチエッコスロバアキヤ国境附近の
小さな村でおこった事件です

音楽好きなカルルというお百姓さんが
ある日
村の居酒屋で
「みんなきてくれ
わしのところの牛はな
わしが手風琴を弾くと

牛めが　すっかりよろこんで
乳を　よけい出してくれるぞ
一匹どえらい手ごわい牡牛がいるがね
あいつは売りっぱなそうと思った牛だがね
あいつに手風琴をきかしたら
生れかわったように
温和しく　なりおった
みんな　一度きてみてくれ」
と　いうので　さっそく　村人たちは
カルルぢいさんの牛小屋の前に　あつまった
カルルぢいさんは　手風琴を弾く
するといままで鳴いていた牛も　眼を細くして
いかにも　たのしそうに音楽をきくのです
カルルぢいさんは　いっしょうけんめいに弾く
カルルばあさんは乳を絞りだす

出るわ　出るわ　またたくまに
どの牝牛からも　たくさんの乳がでてくるので
村人たちは　すっかり　感心しました
（連合ベルリン発ニュース）

こう読みおわると
子供たちは　どっと笑いこけ
この　めずらしいニュースを聞きほじくりました
「カルルぢいさんは　まい朝手風琴を弾くんだね」
「気の荒い牡牛も　温和しくなるんだね」
「カルルばあさんは　その間に　乳を絞るんだね」
「いつもより　よけい出るんだね」
「だったら　手風琴を買ったらいいじゃあないか」
「手風琴買いたいな」
「お母さんにもきかしてあげるといいな」
「うちのお母さんの乳がでるだろうかね」

お母さんたちは　笑いました
さあね　と一人のお母さんがいいました
「音楽のなかに
栄養があるかもしれないわね
太陽光線に　ビタミンがあるそうですからね」
「そうですよ　そうですよ」

私はいいました
「音楽の中にも　栄養があるのでしょう
ギザギザした手風琴の　あのやわらかなリズム
小麦色のオクターブの中に
ビタミンがあるのでしょう」

みんな笑いました

さあね　のお母さんは　いいました
「カルルぢいさんは
手風琴を弾く
それだけではなく
牛たちの慾望を理解しているのでしょうね
草が血になるまで　たべものが血になるまで
水を欲しがったり
歩きたがったり
時には眠りたがる牛を
よく理解しているのでしょうね
いつでもやさしいのでしょうね
あんまりびっくりすることや
心配ごとがあると
牛だって乳がとまりますよ　ねえ」

さあねのお母さんは
上の子どもたちをにらみつけて
「あんた達のように世話やかすと
乳だって　とまるんだよ」
こういって
赤ん坊に
乳をのませながら
だんだん出なくなった乳のことを考え
つぶやいていたのです
「栄養の足りない
気疲れのおおい　ゴタゴタした生活
音楽や映画や旅行というような　楽しみはない
朝から晩まで　おなじくらいの
小さな　いたづらっ子の世話をやく
食事の世話がおわると掃除

掃除がおわると洗濯
ほっとしていると　子供が泣いて帰る
殴られたとか　叩かれたとか
溝へおっこちたとか
そうしていると
昼食のときが　やってくる
赤ん坊も　ねている
上の子たちも静かだと　思っていると
なにかしら　いたずらをしている
縫物しながら　はらはらする
ほんの　ちょっとの間も　やすめない
子供と夫への心ず《ママ》かい
子供と夫への希望があるから
どんなことでも耐えているけれども
わたしは若いのに　老いこんだようだ」

さあねのお母さんは
手風琴を弾くと　乳がでるんだったら　とおもいながら
カルルぢいさんの話を
もういちど微笑みながら考えていたのです

お母さんたちは　まじめな顔をして　いいました
「カルルぢいさんが政治家になるといいわね」
「カルルぢいさんはいい政治家になれるわね」
「カルルぢいさんは医者になるといいわね」
「ほんとうにね」
「もっと楽になりたいわね」
「ろくろく滋養もとらないで
眠りもしないで
いやなこと　ばっかしで

よく乳が出るものだわね」
「そうですよ　そうですよ」
「きっと娘時代から
乳の素のようなものをためているのでしょう」
「ジャガイモ一つと　ごはん一杯で
乳が出るんですからね」
「時には水だけのんでも
出てきますからね」
私は　うなづきながらきいていました
さあねのお母さんは
赤ん坊に出ない乳をのませながら考えこんでいました
（生活を変えなければならない
生活を変えたい
どんなものに
さあ　どういって　いいか

わたしたちが　さびしいとき
悲しいとき
重った苦悩のとき
泣けもしない　そんなとき
涙もでない　そんなとき
体の中の水分が　なくなったかとおもうほど硬ばった
そんなとき　思うわね）
と胸の中で　くりかえしていたのです

アディスアベバの老母

かれらは
ハラール戦線へゆく
ただ一つの　フランコ・エチオピヤ鉄道で
アディスアベバの駅を　はなれて
なだらかな丘をゆく
ユーカリ樹の林をあとにして
嶮しい山谷をぬって
愛国の歌をうたってゆく
老いた　おっかさんは
その兵士たちの中から
息子　ゴーゴリを見つけようとして

ゴーゴリやゴーゴリやとさけび
素足でおっかけ
汚ない財布から
小銭をとり出し
涙ぐみながら　息子の手に
――行っておいで！
たぶん　そういってわたしただろう

どこの国のおっかさんも
子供は可愛い
息子と
別れたくはない
が　祖国をまもるため
愛するエチオピヤのために
行っておいで　そういい

行かないでおくれ
そう思いながら
悩んだことだろう
アドアも陥落した
その烈しい空襲を　おそれず
行く息子たちの列車を見つめ
涙ぐみながら
これが　ほんとうか
これが　ほんとうの世界かと
考えこんでいただろう

——海からあがった狂った魚
イタリヤは何が欲しいんだろう
グレート・リフトブアレーが欲しいんだったら
エチオピアが欲しいんだったら

ダイヤモンド　金　白金　銅　ラヂウム
それから石油
谷底にある宝庫を
ステファニ湖から　ツアイ湖
それから　ツアナ湖まで
アディスアベバを　かこんでいる
エチオピヤの宝庫の谷を
そっくり　もっていけばいい
エチオピヤは重いよ
エチオピヤは盗まれないよ
エチオピヤは死にもしないよ——と

私は泣きながら　胸の中でくり返している
エチオピヤのお母さんたちの耳に
ささやきたい

ウガンダから流れる白い水と
エチオピヤから流れる青い水が
流れ合って縞をつくる青ナイルと白ナイルのように
世界の心の流れにも二つあるんですよと

雪の中で

銃剣をもって突立っている　兵士たちを見た（戒厳令だ）
一部の兵士たちが老いた政治家を機関銃でうった
それは革命的なことだろうか
ぼくらは　いつもおなじだ
ためいきもない　悲しみもない
だが今日　はっきり知った
古い国民的な病気を

ぼくは雪の中で考えた
ぼくらを感激さすものはぼくら自身がつくらねばならぬ

わたしのなかに機械の呼吸がある

わたしのなかに
精神の自立性
不可解性を拒んでいる機械がある
わたしのなかには
異常な衝動を拒んでいる
機械の呼吸がある

機械

歌のおわるところより機械をつくるものを
たたえよ

神のために心くるえる人よりも
機械をつくるために心くるえる人を記念せよ

われらは飢えのなかでゆめみ
ゆめみるたびに機械をえがく

日本海流

ふるさとは山けはしくて山おほし
日本海流の黒潮ふくところ
わが母はミクロネシヤの女酋とよばれ
情につよくおろかなるをしらず
賢人《さかしき》を怨みてをはる。
眼窠《がんくわ》は岩となり
怒濤をうけてぬれ
歯をむいて
海辺の山に縁者たちとねむる。
削剝をかなしむもの
陽をあこがれて道にたほれしもの

財をもとめて他郷に死せるもの
おさなき子らもねむる
流竄《りゅうざん》の言葉に
われらはたへがたく
いくたびか墓碑前《ぼひぜん》にたち海をながめば
とほき阿蘇火山帯見えて
渺渺《べうべう》として溶岩の流れるをかんず。

南方への歌

われに狂気をあたへよ。
列島の山山も噴火して
この一夜に劒と歌のさびしさをうづめよ。
きのふ胸ふかく刻める碑の上に
失明の鷲が羽を休める
わがこころの衷《うち》のひそかなる怖れ。
はばたいて炎の空をかけんとする
わが心の鷲に
光よちかづけ。
らんらんと輝ける南方へとべよ。
海と空。

百万のわれが死すとも
なにをかなしむべき。
南方への思念《おもひ》のながき
祈りにもにたるこのねがひ。

明け方に戦死者を弔ふ歌

大空で死せる。
きみは弾雨のなかで死せる。
そのときに国家だけ生きよと。

ふりそそぐ流星の雨。
ああこの無数の流星。

きみは機械とともに骨をくだき
国家だけ生きよと。
そのときに国家だけ生きよと。

ああひとつの原子。
無限にちいさな無限に大きな。

雲をみて
星をみて
空で死せるきみをみつめる。

ああひとりのいのち。
無限にちいさな無限に大きな
国家にささげるひとりのいのち。

義眼

かの義眼をかなしみ
わが眼《まなこ》の一つをわけるといへば
偽善者の眼《まなこ》ははづれるといふ。
鷲の眼をいれるといへば鳥となるを恥るといふ。
罪人の眼をとり
死者の眼をよみがへす
そのいづれも罪を求めるに似る。
妻が見えず子が見えず親が見えず
花が見えず
山が見えず海が見えず。
そのさびしさをおもひ哀しめば

いつも心の目でみつめるといふ。
闇にひとり耳をそばだててきく音をおもへば
すべて光となり形象《かたち》となるといふ
かの義眼と徽章をみて尊きを感じて哭けば
祖国のためなにものをすてるもおしまぬといふ。

飢ゑ

飢ゑて死せるものをおもひ
こころ渇ける
このひろびろとせる地上せまく
死者のさわがしき
空へ逃げるすべもなく
ひとりさまよふ
おのれの米をくらへず
水ものめず
死せるその顔みれば
わが顔とおなじ
ひとりひとりの顔をみつむれば

ことごとくわが顔
おどろきて空をみあぐれば
星もみえず。

墓碑銘

戦死せるかれらのために

風よとしわかき勇士の吐息をつたへよ
黄河に吐息あればそれをもつたへよ
言葉なく労苦にうづくものにかれらの祈望をつたへよ
かれらは屍となりかへらず
かれらの骨片《ほねびら》のひとつここにかへる
なにびとかたづぬな
かれらは死をもつて祖国にこたへ
平和と幸福をわれらにねがふ
かれらの憂ひ
かれらのふかきまなざし
ゆめおほきかれらの過去を
かれらの遺族たちのうへに心もやして渇けるをつたへよ。

道

夕ぐれ　戦死者を迎へるひと
群をなして音をたてず
粗衣をまとふて子を背負ふひと
子を泣かさず
旗をたて兵にいだかれた骨壺のうしろに
妻は涙をみせず
たれも憂ひをみせず
終日わが友の妻子らもかく歩み
骨壺をいだいて哀しみを越えるか。

海鷲

われらは内部《うち》にむかつて
汝、海鷲たれと。
悲哀のせまるとき黒潮をおもひ
哀々たるなかれと。
われらの幻想の回帰線に
海鷲の言葉は光る。
かみのためささげし言葉は
海原に光りただよひ
われらの内部《うち》をよぶ。
海鷲は
大御歌をむねに

天と海に
散華して
光の言葉となり
われらをよぶとおもへば
天と海は
おもひにみちて美《かな》し。

鷲

たれも一羽の鷲をやしなふ
すきあらば飛びついて食《くら》はん
弱者をあわれみて食《くら》ひ
神にいのることをしる
われも心のうちに鷲をやしなふ
羽を美しく
気質たかきをねがふうち
羽もおちて
人を食《くら》ふ力うせ
歌をしる
この鷲を空へはなち

自由なる羽搏きさせんと
わが肉をあたへるも食はず
脳をくだき
胃袋さくことをねがへど
われを哀みて飛ばず。

二つの歌

きのふ花束を捧げし墓に
石を投げるなかれ。

きのふの歌は
かの墓にねむれり。

ふるきおのれの歌をおそれ
にげまどひ声をあげて証《あかし》せんとするもの。

かのホトトギスは毛虫を食ひ
おのれの子を他の鳥に孵化《ふか》させて啼く。

きみよ
美声をあげてなくなかれ。

長崎

山は墓におほはれて
星と雨とがふりそそぐ
長崎はキリシタンの血にいろどられ
朱欒《ざぼん》の木にも思ひがひそむ
石坂の上にたちどまり
鐘の音をきけば
殉教者たちの声がきこえる
はりつけにされた石井アントニアら
かずかずのひと
天主をしたふ少女らの
いのちおしまぬ

邪宗門とよばれた人をかなしみ
星と雨とにぬれながら
背教者フエレイラをとがめる
このむなしさ。

崖上の花をとり

花をとるなら
崖上の花をとり。

おちるとも
そのときに一度
きみの名をよび。

ひごろひそめたる言葉を
岩にきざまん。

われは街に売る花の素性をいやしみ

かの高山のこのめる崖上に
花をとりにゆかんとす。

四万十川

おもふほど　おもふほどに
ふるさとは雨と嵐。
山峡の水もくるふて流れあふれる
豪雨の日。
天のはげしきを
おもふほど　おもふほどに
ふるさとの雨の降る日は美《かな》し。
四万十川の水のにごる日はかなし。

光の山

私は山頂から麓まで光に被はれた山をゑがくのです。
山の内部からも光を発する山を。
光と光とが放射して影をもたぬ山を。
夜の無い山を。

（私は人を思つてゐるらしい。完き人を）

私の前に聳える山は自然な山。
この山の麓には家がある。畑がある。人がゐる。
それは懐しい人です。
愚かで後悔の多い

夜を奴婢のやうに待つ人が
山麓に灯を燈す。
けれども私はゐがきつづけるのです。光の山を。
(私は別離を感じてゐるらしいそれらの人と)

ねむる時

われと相会ふべくして　いまだ会はざる人に
明日《あした》めぐりあはん
けふの夜の　深き眠の後にくる邂逅《めぐりあひ》。

明日《あした》は明日《あした》はと　おもひ生きて
めぐりあひの希求《ねがひ》をむねに
けふを眠らん　けふを眠らん。

われと相会ふべくして　いまだ会はざる人。
唇はあせ　声は枯れるとも
言葉《こころ》には泉をたたへ　この夜ふかく眠りてあれ。

地球民の歌

これは私の童話

たとへ、この世界よりも、幸福な世界が他にあらうとも、星の世界に幸福があらうとも　暁の明星宵の明星として知られる金星に、人が住み、月世界や火星に、高等な人が住んでゐようとも、たれが星へ行く希望をもつだらう。

科学者の想像する月世界プラート噴火口の平野に、農民が住んでゐるだらうか。あるいは、水も空気もない熔岩の堆積のみで、不毛の原野が荒涼として、拡げられてゐるのではなからうか。

人は、地球より眺めた彼の月や星を美化しつづけ、我を告白してきた。

無数の星の一つ一つに名をつけ、空を物語化する人類は記憶を意匠化する。夜が明け、碧い深い空に日輪が君臨するとき、狭霧のやうに立消える。それは胸深く秘められる。

たとへ、この世界よりも、美しく正しい世界が、他にあらうとも、私たちは行けない。完全な人とのみの交流を憧れた夜、また、二人だけ　愛の日日を希つた夜、その幻想の涯から引返すとき、一層さびしさを感じた。

たれも一度は地を離れ、天空の座を夢み　安楽を希ふ日があつただらう。ある人は無音をねがひ　ある人は楽音をねがひ、空想しただらう。

けれども、やがて郷愁を感じて、地球へ帰ろうと思つただらう。さうして、探しあぐみ、地球を見失つた虚空の寂莫に、深々とふるへただらう。「地に帰るときは誰もゐないのではないか」と。

その時、苦痛な思ひ出が懐しく回想され、記憶するすべての人に、新な感情を抱いたことだらう。不安な日日、競争の日日、相剋の日日、誤解の日日の、風が吹き、雨が降り、雪が降る、晴れた地上の風景が、鮮明に浮んだだらう。

その時、共々苦しんだ思ひ出のみ、懐しく。共に一つの苦しみに追はれた日を、思ひ出しただらう。すべての家が焼けて大地に寝た震災の、その夜は、ふしぎに愉しかつたといふことを。

また、共に歌ひながら、海底に沈んだ人々を思ひ出しただらう。旗の下に身を捧げ、共に行軍した日を、歓喜の情をもつて、思ひ出しただらう。「地上のあらゆる苦しみに耐えて行かう」と。

私は思ふ。「もし、地球の滅びる日が来たなら」と。その時を。科学者が確信をもつて告知するその時こそ、星の世界へ行く希望をもつだらうと。

それが千年二千年後のことであらうと、何万年後のことであらうと。

少数の優れた人々を、他の世界へ移動さす思想を抱くとき、人々は献身するだらう。発明発見、生産の努力も、その目的のために。滅びを知らぬ国家を永遠に生かすために、地が滅んでも、国家を他の世界に生かすために。

その時にこそ、科学は全能を発揮し、機械は精神をもつた機械となるだらう。その時にこそ、人間は選ばれるだらう。

その時、私たちは滅びゆく地球と運命を共にしよう。詩人のすべて、滅びゆく地球と運命を共にしよう。国旗が、新な希望のもとに、宇宙へ出発するとき、少数の選ばれた国家人を歓送しよう。さうして、私たちは歌はう。大衆と共に別離の歌を。

四方海

日本列島は不滅の巨艦
この巨艦を護る
艦船のあまた

洋上に物を運ぶ　かの大小の船
きのふ海戦に勝てど
けふ我が方も撃沈さるとおもへ

かの渺渺たる海
おもひ見よ
機械と機械との戦ひ。

アジアは一つ
もしくは「アジアは一体」

アジアは結びともに立つ
長き桎梏をたちきりて
希望をいだきともに立つ
君は死ぬとも　生きかへらまし

十億の友みな一つ
心合はせてきづきゆく
この大いなる建設の日
君は死ぬとも生きかへらまし
アジアは結びともに立つ

わが同胞は命をば
惜しまず捧げ創りゆく
君よ死ぬとも生きかへらまし。

世界樹

新しい
朝太陽はいま出たばかり
山も川もよろこびに息づいて光っている
私は太陽の方へ歩いてゆく。

私は今日ほどさめきったよろこびを
感じた日はない
山のかなたの山が見える
世界が見える。

子供がいる、 さめきった私の中に

さめきった私のよろこびの中で
子供が夢を見ている。

世界樹はギリシャとヘブライ、インド、シナの
文化に根を下した智慧《ちえ》の樹《き》で
枝が世界をおうている。

癩者の憲章

私の中の癩者は、さけぶ。
ぼくらの肉体は崩壊してゆきます。
顔も手も足も。
これはレプラ菌の顔です。
ぼくの顔は不在です。
癩菌は、いつのまにかぼくの肉体を侵し、
かつての面影もありません。

ぼくは抵抗します。
癩菌の植民地化に。

ぼくは、さけびます。
「ぼくの顔を整形することはできませんか
原子爆弾でやられた少女らの顔や手足は整形されるといいます」

ぼくは憎悪の中の愛です。
癩菌よ癩民族のために栄えよと非癩者を憎しみながら、
その滅亡を、ひそかに祈っている少年です。

ぼくは絶望の中の希望です。
呪も無く、ただ消え入るような嘆から立ちあがり、
崩壊してゆく肉体の中に人格を認めよとさけんでいる少年です。

ぼくは破壊の中の建設です。
古い非人間的な法律をうちこわそうとし、
内部からのポエジイを律法化しようとしている少年です。

ぼくは死んだ言葉たちの中で生きている新しい言葉です。
虚飾な、いつわりの言葉たちにとりかこまれ、
癩者の憲章を書きつづつている未来的な少年です。

ぼくはむやみに嫌われ迫害されている親兄弟を思いながらさけんでいる少
年です。

「癩菌は滅亡させなければならない
が、癩者の家庭には花束を捧げよ」と。

〈十一月二十二日、癩予防法改正促進委員会の活動を思いながら〉

海での断想（抄）

雨の林

海に　雨が九〇度に　降っている。
透明な雨の林だ。
船からおりて海を歩いてゆきたくなる。

国家について

雨の海のなかに、
レントゲン写真の黒点のような小島が見える。

あれは国家の原型だ。

無題

魚族たちのなかに
国家や国民をよく知っている、いっぴきの孤独な世界魚がいる。
彼は一つの海を泳いでいる。

言葉について考えるとき

私は海の黒い言葉のもつれをといてタテ糸にし
白い波をヨコ糸にして
織っている。

彼のなかに

彼のなかに　私がいる。
盲目で掌のないハンゼン氏病者　舌で点字を読んでいる彼のなかに。
舌で木や花にさわって視ている彼のなかに。

地上に

ぼくらの父は貧しい悲惨な　惨酷なすがたで地上にいる。
けれども　その父のためにも　子のためにも
〝天にいますわれらの父よ〟とは祈らない。

天に人間を訴えるな。
宇宙にヘゼットをもとめるときは
実体によびかけよ。

天にいる父とは　地の所有者たちのシンボルにすぎない。
ぼくらは古い父権制のシンボルにかわる
新しい　地上的な人類的なシンボルを　発見してゆかねばならぬ。

地上に　あきあきした人は
空の空をみながら
死んでゆくがよい。
天にふるさとをかんじる人は
天国の幻想をたくましくして　早く死んでゆくがよい。

きのうサナトリアムから　こんな詩を送ってきた。
〝おれは　しきりに憎いほど偽善の青い空に弓をひいて
白い矢羽根を何十万本か　つかいはたしたのち
空にむかって猟銃をぶっぱなしたかった〟

かれは天に嫉妬しているのだろうか。
そうではない。

ぼくらは　どんなことがあつても地上に
あきあきしないだろう。
まだ　知らないことばかりだ。
絶望的だが可能性にみちている。

中国へ行つてみたい
インドネシヤへ行つてみたい。
エジプト　アフリカ　イスラエルへも行つてみたい。
南極へ行つて　北極を考えたい。
地上を。

〝全地球は僕らの病院だ〟といつた。
アメリカ生れのイギリス人の詩句が僕をとらえるが
地球には　たくさんの国家があり　たがいに憎み　奪い
戦つている。

国家は病院ではない。
ぼくらは国家の病院へ入ることよりも
刑務所へ入ることが容易だ。

死刑囚の声がきこえる。
〝翼がほしい
いやそんなことはできない可能性への努力だ
ペンがほしい
言葉をもつてたたかわなくてはならぬ
無実の罪だ
地上の友に呼びかけねばならぬ〟

アメリカ人におくる三つの詩

1　自然が老いて手がふるえるときに

自然は母です
ときに柔和で
ときにざんこくな
自然は　まだエネルギッシュな若い母です
ぼくらは　まだ大洪水に脅えるこどもです
戦争の悲惨な記憶の中で
機械力で自然の災害をふせぐことを

機械力で協同の生活をたかめることを
機械力で世界協力を実現することを
希うこどもです

母である自然を
水爆で破壊してしまつてなにになろう
人間が人間のつくつたもので自滅してしまつてなにになろう

ぼくらは
自然が老いて　その手がふるえる時がくるまで
生きていたい

その　老いてふるえる自然に
手を貸したい

2　友よ

アメリカの友よ
死の灰に苦しむ日本の
漁夫の妻の言葉を　ききましたか
〝原子力を　平和のためにつかってほしい〟
あの漁夫の妻の言葉を　ききましたか

ヒロシマを二度とくりかえすな
と　さけんだ人たち
ヒロシマの原爆慰霊碑に刻んだ
誓の言葉〝もう二度とあやまちをくりかえしませぬ〟
あの言葉を虚言にしないよう
互に　いのちの言葉を交そう

何物をも焼きつくし地球を荒廃さす
水爆使用者と　たたかおう

思想とは
あやまちを記憶するものであり
あやまちを改めるものである　ということを
死の灰が教える

3　わたしは毒の雨にぬれながら

わたしは　古い印度の
ベエダの声をきく
最初の水と

生命の微光の　かがよいをふくんだ声をきく
わたしは　毒をもつた雨にぬれながら
北欧の古い神話にある世界樹イグドラシルを思う

その根にオーディンの神は住み
肩の上に
フィギン（思想）とムーニン（記憶）という
二羽の大鴉を飼つて
世界の情勢をさぐり
智恵と勇気をやしなつた

敗戦の日

わたしは跣足になって
あの山上の葡萄園まで歩きたくおもった。
ぼろぼろの着物をまとい
足うらをいためながら
とがった石ころの上を歩みたくおもった。

ある戦死者のための墓碑銘

かれは永眠しない。
眼をさましている。

自戒の二行詩　三篇

きのう花束をささげた墓に
石を投げるな。

私のなかにも
敵がいる。

混乱のとき　苦悩のとき
天にいます父よと祈るな。

ゆめの中でわたしは思った

どうして　あんなに
わたしの創った言葉が　よく　わかるのだろう
きいている人は　みんな外国人なのに。

どうして　こんなに
外国人の言葉が　わたしに　よくわかるのだろう
ちっとも　わたしは　外国語を　知らないのに。

これはゆめなんだ　これはゆめなんだ
目がさめると　わたしは　自国語さえも　つかえない貧しい詩人になる
さめるな　さめるな。

日本語

ゆめの中で　たびたび　わたしは世界語を　あこがれる
けれども日本語で　にちにち話し　書き　くらしているのだ

忘れることは出来ない
貧しい母と日本語

わたしの青春を理解することのできなかった母の日本語は
わたしを　さからわし　憎ませたが　なつかしい

けれども　わたしたちは　いま　日本語を　あらためなければならぬ
いのちのあるものに　しなければならぬ

ツガル海峡で

わたしとあなたとの間に
深淵がよこたわる。
「もはや我は死にキリストのみ我に生く」といった
パウロの言葉は遠い。
あまりに　おおくの人との
むりな接近は　想いをみだす。
わたしは　いま静かにツガル海峡をわたりながら
かれ——キリスト——を思い　あなたを思っている。

あれは星ですか　とわたしが問えば
あれは漁火ですよ　と船員がこたえた。

星と漁火を　混同してはいけない
わたしはあなたとの距離を　いつわってはならない。

わたしはいま　あなたを想い　えがき　懐かしさを感じるなら
いつわらずに告げるだろう。

わたしは　あなたから　離れるにしたがって
近づいてゆくと。

わたしは無心に「我」と「汝」との両極をむねふかくして
どこへ行くかを　かれにたずねたい気持だ。

海峡は　いま荒れている
春さきのツガル海峡は　もっともっと荒れると船員はいう。
わたしは　あなたとの間によこたわる深淵が　どのようにふかくとも
しずかに　あの子たちのために越えるべきかもしれぬ。
わたしはいまツガル海峡で　かれの言葉を思い
あなたを――そしてわたしを――静かにかえりみ　たしかめている。

一つの世界を

ぼくは
海峡を飛んでゆく鳥を　えがいている。
ぼくは
海峡を出てゆく船を　えがいている。
君は　ぼくが幻想的だということを
二つの世界の対立の岸べで　勇敢にたたかわないということを
とがめたいだろう。
ぼくは　たしかに失ったものが多い

けれども　はじろう心と　大きく一致をねがう心は失わない。
ぼくは　ながいあいだ病床に
勇気の根をはらねばならなかった。
ぼくは　風があらあらしく生活の灯を消そうとするとき
じぶんの手で守らなくてはならなかった。
ぼくは　烈しい対立の感情や　にくしみの情がわいたときほど
しずかに未来を――一つの世界を――信じて　たえてゆかなければならなかった。

雨

父よ
わたしは　あなたの悲しかった日を思いながら
雨の中を歩いていたのです。

あなたのいちばん悲しかった日
きっと　わたしは　何にも知らず　野ブドウをとりに
山へ行っていたことだろうとおもいながら。

あなたは　よくいわれた「酸っぱいブドウを食べて歯をうかすな」
そして　幼いわたしたちのために　祈ってくださった。

「主よ　子供たちが　これからは　甘く熟れるまで待つといっております」

あるときの顔　それは　いつどこであったか　はっきりおぼえていませんが
涙と微笑をたたえたあなたの顔がうかびます。

いま　わたしは四十二歳です
あなたの四十二歳のときをおもいます。

父よ　あのとき　わたしは十三歳
空気銃をほしがりました。

大雨が降りました
あのとき　わたしは十五歳
家は流れ多くの人が死にました。

あなたは　いいました
「ノアの箱船がほしい」
わたしたちの兄弟は　ふるえながら抱きあっていました。
いま　わたしは　あのときの　災害による生活苦に
うちかってゆこうとしてたおれた　あなたがわかります。

父よ　あなたが永眠したとき
わたしは大声で泣きました
十五歳でした。

わたしは　いまでも　あなたを思うときだけ
十五の少年なのです。

雨に　びっしょり渇いた目をぬらして

あなたと共に歩む十五の少年なのです
父よ。

花

あそこに
いま　まっしろい　浜木綿の花が咲いている。
あの花の　そばに
波が　たえまなく　打ちよせている。
あの花を
わたしが　いちばん　よく識っている　といいたくなる。
あの花は
わたしを知らないのに。

古い機織部屋

ふりむくとき
古い機織部屋が見える。
(あれは　おかあさんの機識部屋。)

ふりむくとき
機織る音がきこえる。
(あの部屋で　おかあさんが機織っていた。)

ふりむくとき
古い大きな屋敷が見える。畑が見える。山が見える。
(あれは　おかあさんの生れた家　生れた村。)

ふりむくとき
鐘の音がきこえる。
（あれは　三十年まえの夕ぐれ　時は連続し　このように不連続。）

ふりむくとき
海辺の山が見える。
（あそこには　おかあさんの墓がある。）

ふりむくとき
波の音がきこえる。
（あそこで　おかあさんと貝がらをひろった。）

ふりむくな　ふりむくな
無量の愛をうちにしたときに　別れを告げよう。
（わたしたちは前へ　すすまなければならないから。）

かえることのない一回的な言葉

どこかで　こどもが　うわごとに母の名をよび
永遠に　まなこを　閉じている。
うれた果実——柿の実——が落ちる。
暗い夜のまだ形にならない混沌とした貧しい言葉。
うれずに滅んでいった子たちの
かえることのない一回的な言葉。

歌の中の歌
レプラといわれる
ハンゼン氏病者の詩

空はアイヌのいれずみ色
わたしはオリの中の熊だ
——蝶になりたい。

いやいや　わたしは
マユの中で人を憎悪しつづけているサナギだ
——蛾になりたい。

わたしは煮えくりかえる釜の中で死んでゆくサナギを思う
褐色のミイラを思う
歌の中の歌を思う。

崩壊

すべてが崩壊している
私の肉体も　彼の肉体も。

金の機械も
制度も。

私たちは　どのような時間を
もっているだろう。

おたがいの
顔や手足は一刻一刻　くずれてゆく。

いかなる医師も　時がくずしてゆく顔を治すことはできない
私の心は完全な肉体を描いているが　崩壊してゆく。

あの森の中で　恋人といっしょに歩いた音楽的な時も
あの海辺で　まっぱだかになって青い空に手を伸ばした彫刻的な時も。

この不完全者の嘆きを　たれがなぐさめよう
人間の慰戯　ねぶかい自愛性。

だから　私は　烈しく燃えながら　何ものかと衝突し
その摩擦の中から　新しく生れかわりたい。

エオン

エオンとは本来ギリシャ語で時間の継続を意味するという。

エオンは　新しい時代を　つくっている
と　いう　ほこりのなかで
絶望的な　ためいきの
瞬間に
消えてゆく
永遠的な時間を　おしんで　いた。

エオンは鏡の前で
「わたしは少女の時にかえって甘美な嘆きの海に身を投げたい」
といっていた。

エオンは　ある夜
谷間の断崖で月にむかって　いっていた。
「わたしは
内から　あふれでるわかわかしい泉を失ってしまいました
太陽の光を反射しているあなたのようになりたい　のです

わたしは　ただ　他者の光と泉を
多くの人に伝達する詩人になりたい　のです

もう青春の復活は希いません
どうか曇りのないヌースの眼と
思想の翼を　おあたえください」と。

わたしは　その
エオンの深い嘆きと祈り　おえつの中に
永遠の少女を　かんじた。

熱的な死がよみがえるとき

ぼくは電車の窓から
音をたてて沈んでゆく赫い夕陽を見ていた
あれはふしぎな夕方だった。

太陽が燃えきって
混沌とした黄道光物質に突入してゆく――熱的な死だ――
と思わせる　終末的な
恐怖と異常な歓喜を混淆した夕方だった。

いま　どこかで老人が死んでいる
いま　どこかで赤ん坊が生まれていると思わせる夕方だった。

酔っぱらいが嘔吐していた
狂気じみた人間がどなっていた
青年が大理石のように坐っていた
少女が黒いバラをもって笑っていた。

あの時　トラックとタクシイが衝突した。

ぼくはみつめていた
若い傷病軍人の義足
と南鮮に降りるアメリカ空艇部隊の写真を。

ぼくは星がきらめいている郊外の畑の中を
歩きながら
死人の山を　考えていた。

あの渇ききった丘陵の動植物の死骸の山に
葡萄が実っている。
どこかで真黒い蝶が
眼をあけて眠っている。

かれは――レプラは――眠れないで
人間の悲惨な哀しい歌を埋めているのだ。
かれは己の死を乗せた真白い柩車を
見送っているのだ。

かの女は自嘲し
鏡をこわしているのだ。

かれは忘却という川に立って
新しい記憶の初りになる心の火を燃やしているのだ。
かれは静かに　飛び散る落葉の中で
永遠的な星を仰ぎながら祈っているのだ。

　ぼくは降りつもっている雪の中で
　短い二行詩を推敲しながら歩いた。

まっくらな夜
雪の上につもる暗号的な言葉。
夏の夕方　内に燃えていた暗号的な言葉
秋の夜外に飛び散っていた暗号的な言葉。

無限のかなたからの
警告的な言葉。

すべての熱的なものの死が
ぼくの混沌とした心の中によみがえってくる。

ぼくは火山灰を考える
ぼくはその上に実る穀物を考える。

あのとき

あのとき　私は先住民族館で
チミップという
私たちの幼い時に着たソオタににている　アイヌの子供の礼服をみつめて
いた
時は　子らに新しい着物を着せてゆくと　おもいながら。

あのとき　雪がふってきた
私は先住民族館の前に立って夕暮れの海峡をみつめ
〝新しい世紀が革るとき　ちょうど私は生きている〟
といった　あの詩人の言葉を思いうかべていた
内部のくらさから　あかりをもとめ　火をもとめて。

あのとき　私はおもった
じぶんの火はじぶんでつけなければならない　夜を信じよう
夕暮れから一日が始まるということを
私のくらい言葉があかりに
心情が火に変るということを
敗戦という現実　絶望的な夜の中で　それぞれの人が　火をつけてゆくと
　いうことを。

あのとき　海峡のそばにあるトラピスト修道院をたずねていった
かって私がひそかにあこがれ求めてやまなかったものが
どのように失われているかをたしかめ
私は丘をおりた　別離をかんじながら
私は海峡を見た　現実のうずまきをおもいながら。

あのとき　私はおもった
かれらはフランス革命に感激して相抱くことができた
かれら　ドイツ人——テュービンゲンの神学校の生徒たち詩人仲間——
　には
フランスに呼応する自らの火があった。
あのとき　私は　ぎっしりつまった連絡船の中で
自問の手紙を書いた。

海鳴りの壺

天草町大江の隠れキリシタンの子孫X氏は、高さ二十五センチぐらいの壺をとりだし〝この経消しの壺に耳をあてると松あらしの音がきこえる〟といった。私は、その壺の音をきいて〝これは松あらしの壺であり、海鳴りの壺だ〟とおもった。X氏は〝殉教者の声もきこえる〟といいたそうであった。私はその時から、心に〝海鳴りの壺〟をもつようになった。

不信のわたし　だが
コンフラリア（組・講）の　ひとびとの
オラッショ（祈り）の声がきこえる。

松あらしの音
海鳴りの音
に　混ざってオラッショの声が　きこえる

わたしの中の殉教者と背教者
しずかな海
あれくるう海

壺に耳を　あてなくとも　きこえる
信仰の自由を求めて　たたかったひとびとの
つまづきのコンヒサン（告白）　海のかなたの友を呼ぶ声が

わたしは　いつも　手にしっかり
この壺をもち　この中の水を飲む
この目に見えない　いのちの壺　松あらしの壺　海鳴りの壺

キリスト降誕の夜

世界の　いたるところで
鐘が鳴る　鐘が鳴る　クリスマスを告げて
アフリカでも
ヴェトナムでも
鐘が　鳴る。

ザンゴーの中の兵士たちの　心の中でも
ローゴクにとらわれている人びとの　心の中でも
病床にいる人びとの　心の中でも
鐘が鳴る　鐘が鳴る
内なる鐘が鳴る。

五島の離れキリシタンの人びとの幾人か
　迫害期　海にかくした　その
　海の鐘が鳴るのを　じっときいている。

世界のいたるところで
大人も　こどもも
輝かしいベツレヘムの星に想いを　はせる
世界は　星のイメージで　いっぱい
星の子たちの歌で　いっぱい。

東方の　三人の博士たちが
星に　みちびかれてラクダに乗り
ベツレヘムの
馬小屋の〝かいば桶〟の中に眠る〝みどりご〟の前で

ひざまずく。

オリーヴの木も
ヤシの木も　モミの木も
〝みどりご〟の前に　星の歌をささげる。

世界の　いたるところで
人種と言語を　ことにしながら
さまざまな人が　さまざまな場所で
ツリーをかこんで
クリスマス・カロルを歌う。

異教の人も
ひごろ　歌をうたわない人も
こどもの　むくな願望のイメージの

輪の中にはいり
ともに歌う。

サンタクロース（聖ニコラス）の
けがれない心の　空からの贈物をまちながら
友と友との心の交わりに　はずみながら。

世界の　いたるところで
それぞれの人が　喜びをもって
〝キリスト降誕の夜〟という全人類の祝祭を
むかえるとき。

わたしは　いま　どこかで生れる
黒い〝ピフ〟の
〝みどりご〟のキリストを　おもう。

いちばん不幸な引裂かれた民族の
人の中の人となる
願望の〝みどりご〟を幻視している。

エゴの木

〝えごの木〟を見ましたか
初夏に　白色五裂の花を開く　〝えごの木〟を見ましたか。
山野に自生する　〝えごの花〟と　〝実〟を賛えたい
その種子から　油をとるといいます。
（私はまだネガティヴな　人間のエゴの森を感じるから）
すべての人に　ポジティヴな　一本の　〝エゴ（自我）からの木〟であって
〝全我の木〟である日が来るといい　と思います。

海

――太平洋に　むかって――

ぼくらは
地球を　とりまく
空気の海の底で
巨大な
青い薔薇《ばら》の
ひろがりを　かんじ
雲の海
七つの海を　かんじ
祈っているのだ

ぼくらは

マジョランが
エル・マール・パシフィコ（太平洋）
と　名づけた
海に　むかって

太古　ミュー大陸であったという
太平洋にむかって

アメリカが
水爆実験した
マーシァルに　むかって

イギリスが　実験するという
クリスマス島にむかって

ぼくらは
太平洋の　かなしい歴史を　おもいながら
祈っているのだ

かれらにとっては
太平洋諸島は　みんな
植民地であり
他人の　墓場であった

エラスムスの像を　船尾にかざった
ダ・リーフデ号は
貿易の使徒であった　かもしれないが
初期の船員の中には
無頼の徒が多かった
かれらは　掠奪《りゃくだつ》し

殺戮《さつりく》した

かれらは　珊瑚礁のアトルを
破壊し
放射能を
空と海に　まいた

ぼくらは
地球を　とりまく
けがれない
空と海を
守るため
公海の自由と尊厳を
守るため
原初的な

火を　もたねばならぬ
風をもたねばならぬ
知恵と　勇気を　もたねばならぬ
ぼくらには　奇蹟は　ない

へぜっと

わたしは〝へぜっと〟というコトバが好きだ。

〝へぜっと〟とは、神と人間との関係的誠実・真実という意味だと言う。

ヘベライの予言詩人たちは、このコトバを大切にした。

かれらは、古い燔祭《はんさい》（神に供えた動物を祭壇で焼いた）慣習を否定して新らしい神の観念を、いだいた。

〝へぜっと〟というコトバには、新らしい時代の生気がある。リズムがある。

この時代は「初めにコトバありき」と、いうコトバは死語に　なったと言いたくなる。

宇宙は、初めも終りも無いと思う。

わたしたちは、そう思いながら「中今」(なかいま)の思想を、もっている。(このコトバは、過去と未来の真ん中の意味)じつに良いコトバだと思う。

この時代は、「地球そのものの運命があぶない」と言われている時代だから「中今」の思想は、あまりに楽天的だと批判されるであろうが、魅力がある。

わたしは、スピノザが言う意味の、大自然の摂理と感じる。

(一九九〇年八月一日)

死が　静かにやってくる

わたしは
死を怖がっているから
厳然とした
生の歴史の目を
みつめている

偉大な　人間の死よりも
平凡に
人間として
責任を果たして
永眠した人を　賛えよう

偉大な巨人よりも
平凡に
他者愛を　もった人を賛えよう

わたしは
それぞれの
一回的な生を考えながら
雲を見ている

わたしは
老醜を　怖れながら
老いて
美しく　在ることを希っている

'91・8・23日（絶筆）

散文

詩の絶壁

私はドストイエフスキーが正教がすべてだと叫んだことに興味ふかく思うものだ。たしかに彼自身の内的な矛盾である。正教は民衆に何物も与えなかっただろう。奴隷制度への屈従を教えただろう。が、ドストイエフスキーは、シベリヤの監獄にいて、このイメージをもった。

小林秀雄氏の「ドストイエフスキーの生活」の終りに、われらもし心狂えるならば神のため心確かなれば汝のため、というパウロの言葉をドストイエフスキーが知らぬはずはなかったと結んでいる。私は、ドストイエフスキーのあの病的なところにきわめて人間的で潔癖な理想を感じるが、死後発表された日記の中に、詩を一篇書くことと記されていたということに、ことさら、感動したが、この詩とは、どのようなものであろう。

ドストイエフスキーのおちこんだ懐疑、不安を整理するものは彼自身ではない。けれどもドストイエフスキーの描いた囚人たちは自己浄罪の意識があるから、もはやただの囚人ではない。そこには、神に近づかんとする人間の姿があった。

私は、詩について考えるとき、何より理想を愛玩することなく生きるということ、生き貫くということが、まず第一だと思っている。

ドストイエフスキーの神・理想とは、赤裸な現実の昇華したもので、それは絶望と紙一重のところから作りあげられたものであった。

それは芭蕉のような詩人でも同じだ。「うき我を淋しがらせよ閑古鳥」「一つ家に遊女もねたり萩と月」このような句の内部この経験の世界には世俗のなかで光っている生活がある。「ところどころ根深き句とも見え候て天晴の作、愚老僻耳、筆を投ずるばかりにて候。」という手紙の奥になにがひそんでいるか、「旅に病みて夢は枯野をかけ廻る」と芭蕉が死ぬ前に弟子たちに示した句などは、とくに美しいものであるが、根深き句、根深き生活をもとめて、俳句のこと以外に語るなとさえ云った芭蕉の世界はきびしい。ドイツ人であるところのゲオルゲは、「美とは発端でもなければ終末でもない。美は絶頂である」と云っているが、これは、山本神右衛門常朝の口述した「葉隠」の「武士道とは死ぬことと見つけたり」という言葉に通じる世界である。

私は詩を書いて生活するということに、しばしば疑惑をいだいたが、詩を書くということに疑惑をいだくくらいなら書かぬ方がよいわけであるが、しかし、その疑惑は、現代人として、かくしきれぬものである。詩を書くということは、現代市民生活の典型ではない。現代は、感動すること、感激するということはもっとも危険な状態である。詩を書くということ、詩を行為するというは悲劇的だと言はねばならぬ。

当然そうであるところの、詩の運命を背負うということは、そこに現代人としてのより切実なものがなければならぬ。私たちは生活というものが、時間的な変化にあるということをみとめている。外界との事物との関係なしに自分一人だけの永遠の生をつづけ得るような希いをもった、ホフマンスターの「痴人の死」のフベレスのような考はもっていない。

フベレスは、肉体と精神の不死を希ったが、最後に、死神へ死を希っている。現代人の多くは、むしろ外界の変化に伴って永遠に生きたいという気持が日常的に支配し、これが合理化されているのではあるまいか。長生もしたい、できることなら永遠に生きたい、楽しみたい。社会的に仕事したいとか、名誉がほしいという。これらの慾望が合理化されて、ここにうちたてられた人生観が私たち自身の中にも、ひそんでいるから、これを厭悪することに烈しいのであろう。

詩とは、たんなる経験でもなく、たんなる抒情でもない。

私たちが詩を書くということは、いったい、どういうことから出発しているのか、たんなる経験ではなく、たんなる抒情ではないとしたら、何かに反抗しているものがなければならぬ。

「科学的な世界観をくぐってきた現代人に無条件で神の存在を信じろと云ってもそれは無理なことですし、そういうことをいう僕自身神の存在を確言することはできないのです。しかし、そのくせ僕らは神がいないことも断言することはできません。例えば僕たちが崇高な人間観に精神が昂揚するとか、雄大な自然に対して霊魂が飛躍するとか、そういう際、一種の高い大きな宇宙的感動に到達する場合がある。そういう時の精神の在り方を指して、僕たちは神を見たといってもさしつかえないんじゃないでしょうか。いったいこの神という概念を離れて僕らには文学というものは理解できないのです。」――（中村地平・詩的精神について）――この中村地平氏の文は「龍舌蘭」という同人雑誌によせた手紙であるが、この作家は神という言葉を変えて云ってもよい、神とは象徴の世界の謂であるといっているが、ここに現代作家としては、あいまいなところがあったとしても、かれの小説の根底にあるものは詩だということに私たちの共鳴がある。

ここにはゲオルゲや芭蕉のような絶壁感はない。また葉隠的な気違いじみたところもないということは、すぐ気がつくだろう。けれども、ただ現実を追っかけまわし、いつ終るともしれぬだらだらした書方をするところの低級な思想をもった作家、現代の商人、詐偽師と同じ、それが変貌したところの作家より文学しているということは、たれも疑わないだろう。ただ、このような作家が、すぐ神という言葉を用うることのもろさ、それが象徴の世界へはこび去るところのあいまいさは現代の神の意識として全的な支持のできがたいものがあろう。これは詩人たちが神を見た、と兵士を歌ったところにも感じるものだが、もし、安易に文字を用い象徴の意味であったとしたら、これほどこまったものはないだろう。

私は葉隠の口述者が、主君に対する殉死の情をとどめて世を遠ざかって、城北の草庵に亡君に思いをはせたということよりも、その常朝を慕うて三十三歳の求道者、田代陣基が、岩がね伝い小笹をわけて、「白雪や只今花にたづねあひ」と空しかった遍歴幾年の焦燥をこめて歌ったところに美しさを感じる。七年もの間、陣基が常朝に仕えて筆記した生活こそ魅力であらねばならぬ。

七年もの間、調子のたかい穏やかでない言葉で語りつづけた常朝も、それを筆録した陣基も、ともに理想をもちつづけて死んだ人らである。「濡れてほす間に落ちる椿かな」陣基のこの句を見ると、かれの思想が、どのように結晶していたかがうかがえるが、現代詩人の多くが言葉を行為と引きはなし二重の人格の上に、そらぞらしく歌っていること、もしそれが現代的世俗になれ、赦しながら、理想をもてあそんでいたとしたら、これは、世俗を徹底して生きている人より恥は大きいと云わねばならない。私たちは蕪村の「我も死して碑に辺せむ枯尾花」という句にあらわれている芭蕉の亡き魂に仕える境地に、殉死の思想を見出して、蕪村の多くの句に芭蕉とともに生き芭蕉を尊んだものを感じるが、死ぬ前に書いた文に「おのがこころざし賤陋にして寂しをりをりをもはらせんよりは壮麗に句をつくり出せむ人こそこころにくけれ」と書いている。蕪村と芭蕉がちがうのはこのところで、はっきりしているが、芭蕉のさびしをりを尚びながら、その世界に徹底的に入りきれない。ときに入りきったかと思っていても、そこから離れている蕪村は武士道をわきまえていると同時に、インテリゲンチャのおちいる迷いがあったようだ。この迷いは葉隠の口述者がいうところの、「武士道は死狂いなり、忠も孝も入らず武士道に於ては死狂いなり」の世界とはちがう。行こうか行くまいかと思うところへは行かぬがよし。喰おうか喰うまいかと思う物は喰わぬがよし。死のうか死ぬまいかと思う時は死んだがよし、と葉隠のとくところは、かなりきびしいところがあるが、蕪村のような人でも、詩の絶壁へ立って迷った。かれの「宿かせと刀投げだす吹雪かな」も一応は無礼な武士でない、そこには驕慢なものはない、頭をさげきったかと思わせるが、むしろ刀をいだき吹雪に立つ武士がわれわれには魅力となるものがある。蕪村は上品で、知的であるが、わたしは芭蕉の「旅に病みて夢は枯野をかけ廻る」そのさびしさの中のあらあらしい魂にうたれるが芭蕉にとって、きのうの発句は今日の辞世であった。一方に弟子たちに情愛を感じ喜悦をもった芭蕉、弟子の去来が師の食べ残しの粥をすすり、死ぬ前夜、惟然と正秀とが二人で一つの蒲団にねてお互いに寝入らず夜を明かし二人がしらじらと東の空の白むのに気づいて顔見合した、それを句にしたとき芭蕉は笑みをもってながめていたというが、芭蕉の最後の句「旅に病みて夢は枯野をかけ廻る」には芭蕉自身、これも妄執の一つと嘆声をはなっているが、ここに、さびしさを徹底したものを感じる。

現代詩人は蕪村には近づけるけれども或いは芭蕉には近づけ得ない。けれども私たちは明治の詩の伝統をうけずに、すぐさま科学と詩の相剋を前にした。わたしたちの生活感情の全体に流れるものがおどろくほど貧弱なものであったということはいくら酷評されても文句の言えぬ世界であるが、しかし、詩を三十越して書き、清純なものをあこがれ、詩と化学の合一な世界を求め絶壁に立ってそこに円をつくろうとする。これは文明の地盤がコンクリートであるならば、いたずらなことといわなければならないが、文明の地盤は精神の歴史である。私たちは現代に生きることの、さまざまな矛盾をもちながら、それを統一し高めようとするが、言葉をつつしみ言葉を正しくおのれのものにして歌いきる世界がでてこなければ、詩を書くということは、まったく意味ないことだと思う。

日本民族は滅びを知らない民族であるから救済思想をもたない。これは特殊な個人や、また、ある時代の特殊性を細やかに観察した言葉ではないが。

ヨーロッパ諸民族は滅びの経験の上に立った自我の文化をもっているということを思えば、はっきりする。

日本人は、かつて個人性の上にたてられた文化をもたなかった。だから、個人的人格感情の高度の形式をもつことができなかった。ある種の異例があるけれども、それは発展的でない。

明治から急激に西洋的人格への憧憬が開化思潮にともなって支配し、約半世紀つづいたが、究極的にヨーロッパ的個人性を否定した。

民族的には滅びを知らないけれども、個人は滅びをよく知っている。「七度生れかわる」というふうな表現には、蘇りの思想があるように見えるが、これは日本人の思想と表現との分れ方を示しているもので、完全に死ぬということにほかならぬ。むしろ「千遍《ちたび》死反らまし」に表われている語感に、日本人の正しい表現があるのではあるまいか。

　滅びを知らない民族であるから、救いを求める絶壁感を経験しない。民族の滅びを知らぬ国民がどうして救いの求めるその深さを知ることができよう。

（しかし、日本人といえども近代的個性がいかなる形でか深化している、ということは無関心ではない。）


　旧約聖書中のユダヤ人は偏狭ゆえであったか、それはともかく、彼らは追い出され虐げられた不幸を慰やすことに努めた。ブチャーの言葉をかりて言えば、「鋭い訓練によって彼らは忍耐や自己否定や、見えざるものへの信頼などの意味を悟るに至った。だからこそ、人間の道徳的必需への深い洞察によって、後に来るあらゆる時代の、悩める人類の慰藉者となり解釈者となることが、彼等の特権となったのである。」

　旧約のエレミヤを見ればよい。

「その時、彼らは父が酸《すっぱ》き葡萄を食《くら》ひしによりて児子《こども》の歯齪《はう》くと再びいはざるべし。人はおのおの自己《おのれ》の悪によつて死なん、凡《おおよ》そ酸き葡萄をくらひし人はその歯齪く。」（エレミヤ記　第三十一章二十九－三十）

エレミヤは「過去」と「全」とが圧迫すればするほど「個」の中へ深まっていった。そうして、内部の苦闘が、はげしくなればなるほど、心に彫られた新らしい律法が鮮明になったのである。しだいに憎しみや怒りが浄化していったエレミヤは、現在形の「個」にとらわれていたものが、過去と未来にまたがる永遠の神へ志向した。そうして、イスラエルの神ということより天地の神というような思想へ変っている。

がしかし、詩人エレミヤの住んだ世界は滅びの世界である。その声は呻吟である。エレミヤは、聖い苦悩が在るところには神の救いがやってくると思った。(エレミヤ記　第二十九章十三)

エレミヤはイスラエルの民の悔い改めを求めながら、エホバの窮り無い愛が、我にこそそがれていることを自覚した。

予言者の内部に浄化し神に仕えているものを見逃してはならぬが、それよりも、いかにエレミヤの歌に救われざる悩みがただよっているかということが、より注意されなければならぬ。

「収穫《かりいれ》の時は過ぎ夏もはや畢《をは》りぬ。されどわれらはいまだ救はれず。」(エレミヤ記　第九章二十)

エレミヤに表われている「いまだ救はれず」は虜囚の運命であり、国家の回復を待ちこがれる者の傷愴でもある。「我を医し給へ、されば、われ癒《いえ》ん。我を救ひたまへ、然《さ》らば我救はれん。汝はわが頌るものなり。」

このように論理的な神との契約思想を見ることができる。日本人の特性は、そのままの状態で救われているところにある。そこに無条件の入り方がある。
「酸《すっぱ》き葡萄を食ひたる人はその歯《は》齼《う》く」というところに、父や祖先の罪を自己が背負わぬ個人的自覚があるということ。

われわれは、エレミヤの歌をみて、われわれの経験し得ない民族の滅びを知った者の深刻な歌が、いかに根強い対立感の上に敵を意識しているかを知る。そこにある呪は、しだいに浄化の方向をとっているが、救いを求めて救われざるものを感じる。

わが古典には和解、大和《たいわ》の形式はあるが、このような呪いや悲歌はない。古事記の秋山之下氷壮夫と春山之霞壮夫この二人の兄弟とイヅシヲトメにまつわる神婚説話は春秋の争である。母が兄の秋山之下氷壮夫を呪っているが、けっきょく兄は母に謝っている。このような話は家族内の葛藤形式である。民族の滅びの詩とは全く異ったものである。

記紀の歌の奉頌性をみればよい。詩は国家とかたく結ばれている。（以下略《ママ》）

エゼキエル書を見ても感じるが、エルサレムからエゼキエルが虜囚の一人としてバビロンに捕えられ縛された時、青年エゼキエルは故国の滅亡を悲しみ、国家が滅亡する道徳的必然性を歌い回復を予想している。エレミヤと同じように個人のめざめを個人の責任を明らかにした。
「人はあらゆる生活において自己の行為に対してのみ責任があるので、他人に対しては、それが先祖であろうが同族であろうが責任がない」という考が支配している。個人の責任を論理的に追求し証《あかし》を求める思想がある。そこに個人的悔い改めの思想があらわれている。

国家が滅びるのは誰の責任であるかということの悩から発した言葉のすべてが我に還《かえ》ってきたとき、かれらは、悔い改めの思想をもったが、しかし絶望的である。

「我らの骨は枯れ、我らの望みはつく。我らは絶えはつなり。」

彼らは、確信を求めた。そうして、証拠を求めたが、民族的不幸の遠因を先祖の罪に帰した。個人の苦悩や葛藤が烈しいにも拘らず、国家への愛は、さほど感じられない。非常に論理的で、個人の救済についての真剣なものがあるが、国家の運命にたいして、何となく冷たい疑惑の感情がただよっている。

これらの人々が国家の回復を待ちあこがれていたことは事実であるが、思想的には、滅びの上にうち建てられる国家である。そこには最初の個人主義の声がある。

国家が滅びたということを反省しているが、滅びを肯定する思想があるということ。それは滅びに導く、滅びを招来する社会的病毒をいうのではない。滅びを経験して苦悩しつづけた個人の人格性に形成されたものである。

日本民族は国家としての滅びを考えない民族であるから、そのような悔い改めを知らない。民族伝統としての禊（水注《みそぎ》）が個人性の否定に特色があるのにくらべると、悔い改めの思想は滅びの上にうち立てられた個人の人格性であるということが注意をひく。

日本の詩は、この詩篇にみるような救いを求めるものがない。日本人の国体感の絶対性は「人生とは日本人にとって国家なのである。」と言わさせる。

それが最高の理想形式なのである。国家に個人をゆだね、個人性を否定した「私」の内部で国家に聖火を燃やしつづける日本人は、個人性を追求すればするほど、国家にとけこみ同化するのだ。「詩は国家に奉仕してゆくものである」「人生とは国家である」この言葉は互いに意味を助け合っているが一つなのである。

アリストテレスの、「いかなる市民も自分は自分自身に属すると考えるべきでない。あらゆる市民は国家に属すると考うべし。」この言葉と一致点がある。しかしギリシャ人よりも本能的に日本人は国家を愛した。国家と不可分離の関係の中で忍従もしたが、愛したのだ。ギリシャ人が背負ったもの、かれらの経験したものは日本人にも教訓を与えるだろうが。

しかし、ギリシャ人も滅びた。「滅びたがゆゑにギリシャは教師になれた」という言葉ほど、日本人にとって蠱惑的なものはない。われわれにとっては、すべて聞くところによる、書物を通じて知るところによるギリシャであるが古代ギリシャ人の詩の中には日本人と共通した感情を見出すことができる。たとえばシモニデスの詩を、その訳された詩をわれわれは愛誦して、詩が翻訳されるということとの異った民族との対話性や、原詩を離れゆく変貌性のことについての考をもちながらも、ギリシャの詩人に親密さを感じるのは事実である。

ギリシャの詩人はユダヤの詩人の宗教的な偏狭さや、薄暗りの歌にくらべると、明るくて、智的である。そこには詩の救いを感じるものがある。しかし両者はともに国家としては滅んだ。

われわれは、国家の事業が拡大されるにしたがって、民族、国家として滅びを知らぬわれわれの歓喜や奉頌の中に、安易ないくつかの型があるということを自覚した。他の民族のもたぬ「光栄ある不滅なるもの」それへの讃歌が、個人の人格感情の絶頂から発せられたものではないということに気づいたとき、滅びを知る民族、滅びの経験した者の、はげしい自己確立の歌とくらべて、なにか個人の弱さを感じた。

あだかも父親の財産をほこる幼児のような弱さである。

われわれの内部に、ほこるべき資性がひそんでいようとも、個人性の追求が足らぬということを感じさせる。国体が人格の内部に結実するということのきびしさを痛感させたのだ。われわれはただ個人主義的なものを非難するだけではなく、国家と個人の高い結実を内部に求める。絶頂から麓まで光をうけた山を書きたいのである。

救いを求める東洋の他民族を包摂するには、美と真実の力が個人の人格として内部にあふれなければ

ばならぬ。ということが現代の詩人の自覚となり生活を支配しているということがいえよう。（未完）

八月七日

詩の表現自覚

一

詩をあまりに個人の主観の側において考えることは、詩をけっきょく窓のない小宇宙にしてしまう。

詩の表現は、他者である汝——原理的な汝——との間にあって、ともどもに所有されるものでありたい。

そういう意味で、詩の言葉こそ交渉的な、わたしと汝とのディアロゴス——対話——を基調としたところの新たな綜合的な人間像に向って羽搏くものといいたい。

もし詩の言葉や表現を極度に、われのものにしたなら、おそらく他者には判らないものになるでしょう。ヴァレリーは「歩行は散文と同じく常に明確な一目標を有します。舞踊はまったく別物、一行為一体系にはちがいないが、それらの行為は、それ自体の裡に己が窮極を有する。舞踊はどこへも行きませぬ、もし何物かを追求するにしてそれは一の観念的、目標、一の状態、一の快楽、一の花の如きもの、もしくは昇天」こういって散文を歩行に詩を舞踊にたとえていますが、わたしはむしろ詩を歩行にたとえたいのです。詩は汝——他者——へのとくじつな言葉歩みといいたいのです。己を他者に打明け他者の声をきくものとして関係的に在りたいから、わたしは詩の言葉に精確、透明と直線を求めます。

言葉はたえず社会的に進歩していますが、しかし、言葉にはまだ古い迷信性、圧迫性、暴力性があります。まだ古い社会の歪みを除去するまでにはいたっていません。歪みとは、いわば古い時代の圧迫された表現です。わたしたちは、それが慣習的にわかるものであっても、否定せざるを得ないとおもいます。なぜなら、わたしたちは、より高度な言語交通を求めながら現実にはんらんするさまざまに歪んだ表現を変えようとして労働するものですから。もし労働する情熱を失い、自我の裡に詩人が閉じこもって、真空的世界に自己を追いこんでいったなら、こう考えてみるとよいとおもいます。おそらく精神は急転換を命ずることでしょう。精神は対象のない世界には生きれないからです。詩人はあらゆる対象に向う生々しい心をもっているものとして、たとえ眼を失っても開く世界に成立つものといえましょう。耳や手を失っても言葉を持つものとして、外に向くことのできる、そうしてあらゆる悪条件に立たされて死に面しても、対象に生きる心をもったものといえましょう。いかなる詩人も――エゴイストといえども――詩を書くというかぎり、汝への言葉の歩みをもつものとして、汝を見失わぬ者として考えてよいとおもうのです。わたしたちは無数の汝と対立しながら、融合をねがっているのでありませんか。階級と階級、国民と国民の生活差、表現差にもかかわらず言葉の諒解性を期待し、それがやがて言葉や表現の世界公共圏にまで発展することを信じてはたらいているのですから。まだ世界のそれぞれの国、それぞれの人が、自己運動の域から脱していないとしても、関係的な考え方はしだいに国民と国民を近づけて、文化の交流は言語交通の障害をとりのぞけているということは、わたしたちを激励します。わたしたちは汝と――他者――と心的に語らうものとして、最高度には他国人と心的に語ることができるものとして表現をつくりたいとおもいます。

二

日常語はたいせつです。しかし圧迫され歪められた私有制下の表現の残滓があります。それは話し言葉だけではありません。言葉の表現にひそむ古い呪縛的なもの、慣習として用いなれているとは言え、あまり古いいいまわしや縺れた言葉に接するとき、「頭を割って思想を読むことができるなら」（オグデンリチャーヅの意味の意味より）とわたしもおもうときがあります。知識をもった人、教養ある人でも、その多くは文明の外衣をまとっているとおもいます。外衣が文明であっても、真底が野蛮未開人だということは、けっきょく裸で立っていることだとおもいます。

社会は海洋の表面のように不断に活動しているが、海底のように不変不動なものがあるといいますが、わたしたちはこの社会という海の深みに飛びこまねばなりません。裸ではなく、脱げない着物をまとうて海底深く飛びこんでいるということが日常の事実でありましょう。あまりにも古い非論理的な言葉と、新らしい生活をもった言葉との対立のふかさ。「濁った深淵」、すべての詩人は——どのような保守的な詩人でも——個人特有の創造力を語に示していますが、この不断に活動し変化してやまぬ社会の海で、ともすると溺れてしまいます。試練されているといえましょう。ホイットマンは「すべての言葉は霊的、言葉ほど霊的なものはない。言葉はどこから来たのか。今日に伝わるまでに、幾千年幾万年を経過して来たことであろう。」といっています。まだ言葉に霊があるという古い思想の痕跡がありますが、言葉について考え知ろうとするものの実感があるとおもいます。わたしは、ホイットマンが三十四歳のとき、手帖に書きとめたという宣言的な言葉の一節をたびたび暗誦します。「この年代この土地にあって、特殊な個性を今までのいかなる詩人よりも、いかなる書物よりも、さらに確実で、普遍的な意味において探究しよう。」この言葉は、コスムポリタンを感じさすと同時に、地方人を、非常に新鮮な果実を感じさせると同時に、人間らしい、卑俗なしかしそれを抱擁して高貴な、独断的な、しかしそれをディアロゴスにまで高めたあの濶達な叙述形式。ホイットマンの言葉は大きな社会という海洋の波の上を溺れずにゆらゆらと泳いでいる人間をおもわせます。「大道の歌」の言葉がひびきます。「生きたもの死んだものを問わず、おまえは、それでおまえの無感覚らしく見える表面を満たしたようだが、それらのものの霊は、わたくしたちにもよくわかり、親しむべきもの」「おまえがわたしを見捨てたら、おまえは失われる」「おまえはわたしが自身を表現する以上に、わたしを表現する」――「どこに行こうとわたしは絶対に、わたし自身の主、他人にも耳傾け、そのいうところをよく思いめぐらし、立停り探り求め、受けいれ熟慮しはするが、しとやかに、しかし拒み難い意志をもって、わたしをとらえんとする桎梏から、自身を奪い返すのだ」ホイットマンは、ローファーを愛したといいますが、しかし交渉的人間としての最大なはたらきを示しているとおもいます。「大道の歌」「自己を歌う」「群集――その海原のさかまく波間から」を読むとき、いかにホイットマンが、自己の言葉を精確に用いているかがわかります。ちっぽけな己に固執することなく、「ともどもに」在るものとしての守るべきものを守って強調しているあの堅いひびきの中には、ふしぎなほどやわらかい優しい情感がただよっています。それはゲエテ的な円環とでもいいたい。自然と人間との連貫を感じます。一樹木の枝を観ると同時に、全体の森を観ているとおもわせるあの直感的な言葉。ホイットマンは赤ん坊のように衝動的な純心なものをもっていると同時に、少年的なういういしい問いの世界をもっています。悟性的で感覚的な「自然の核心は人間の心ではないが」「内にあるものは外にあるから」といったゲエテをおもわせます。「ごらんこの大きな輪廻、すべての連貫、それは何たる完全さであろう。けれども今、あなたとわたしとの間を大海が容赦なく隔てている」と歌っているホイットマンは、ゲエテの「最も美しい輪廻は他者の裡に再び自己の現れるのを見るときのそれである。」この言葉に呼応したかのようです。「群集――その海原のさかまく波間から」の詩句、「その海原のさかまく波間から一しずくの水がしめやかに、わたしに来て」に接すると、なんという涙っぽい、それでいてなんと根気のよい人間だろうとおもいます。「あなたを見、あなたにふれたいばかりに、わたしは遠い旅をしつづけました。」と告げるその一しずくの水に、自己を見出しているホイットマンを思うとき、あらゆる社会の人間に対して在りながら、融和しているとおもわせるのです。ディアロゴスの美を感じるのです。「わたしもまたその海原の一しずくだ、二人はそうかけ隔った間ではない」とホイットマンは歌っています。「あなた」と「わたし」との距離は短かい。まったく距離がないかのようにさえおもわせます。それぞれのものに連貫している「あるもの」があるからといえましょう。不連続の連続。社会は「わたし」と「あなた」を無限的に距てますけれども、まったく距離がないとおもわせるところまでわたしとあなたを近づけます。しかしどのように近づいても、わたしとあなたの間はなくならぬとおもいます。むしろ近づくにしたがって、わたしとあなたの間がはっきりします。間があるからこそ人間なのでしょう。ホイットマンには距離がないとおもわせるほど合一的なものがあります。これは間によって隔てられず、延長によって隔てられたものでしょうか、そうであれば、延長によって隔てられたものなら、どのように遠く離れていようとも、けっきょく自己以外のものではないといえましょう。しかし、ホイットマンには、包まれて共にあるものとしての自覚があるとおもいます。間のない一つの世界を感じさせるのです。それは他を抱擁した他者への愛、対話の深さだとおもいます。ホイットマンには事実へのきびしい眼がありますから、甘く自己化していい気になって、小主観で世界を包んではいないとおもうのです。

かつてYHは私に告白しました。あらゆる距離は超えることはできるが、「わたし」と「あなた」との距離は超えることはできぬと。わたしはいいました。「あらゆる距離は超えることが出来る。かりに超えられないものとしても、「わたし」と「あなた」との距離は超えることは出来る」。わたしは「わたし」と「あなた」との距離について悩みながらも、しかし超えることが出来るとおもいました。間を知ること、間を媒介することによって超えることは出来るとおもっています。ホイットマンを見るとよくわかります。間を媒介するものが何かということを教えています。「けれども、わたしはあなたを理解する（わたしの外にそういう人はある）喜びをもってわたしはあなたを択び分ける」というところに、ディアロゴスのはたらきがあるとおもいます。かれは自己を閉じこめ世界に放置していないから、自己の延長のみ考えることはできなかったと思います。他に開いて示すものとして、打ち明けるものとしての表現の美しさがあります。表現に中間者、媒介するものとしての自律性がありま す。

三

詩の表現というものほど、わかりやすく、またわかりにくいものはありません。それぞれの詩人の、個人特有の表現には理解しがたいものがあります。自然を理解するよりも、芸術の表現を解釈する方がやさしくなければならないはずなのに。自然には表現がないから、解りやすいのでしょうか。人間は花が笑ったなどと擬人化します。「花が笑った」「山が眠る」など、子供が表現する場合はまだアッピールしますが、しかし、そのような表現はすでに魅力を失っています。近代詩人は、自然と人間との関係を明示的に示します。原始的な恐怖は失せ、知的、生活的、関係的に描かれているといえましょう。もっとも近代的な詩人の表現には、自然への恐怖をいだいた表現の痕跡もなく、またむやみに親密を感じる表現もなく、自然と人間は関係的な冷静さを保っています。古代の宗教詩では、自然は神の創造物でしたから、神の表現として観ていますから、自然の暴威、変動を神の怒とも解釈しています。自然を神の表現と観るから、創造主の心が、いかに支配しているかを観なければなりませんでした。しかり、神が創ったという表現意識それ自体・信的な説をしりぞけて、自然や人間の社会の、人間の創造性——人間が神を創った——を語っているとおもいます。近代の詩人は関係的に存在するものとして、あやしげな迷《マ》真《マ》相をながめているといえます。また真相を知ることによって、外的圧迫から自己を解放しようとしています。ですから、いっさいの秘密をあらわにしてゆくところの、表現思想をもったものとして観なければならぬとおもうのです。わたしたちは、今もなお古代的表現になつかしい思い出をもっています。けれども表現は混沌不合理なものから、鮮明、合理なものへと理性的な方向にあり、虚飾を捨てているということを告げます。表現は人間のものとしての確さをもたねば、はてしなく誤解をくり返すとおもいます。人間は完全なもの、無限なるものに思慕をよせ、自己を絶対化したい欲求をもちますが、しかし、「なぜ」という問によって自己を限定する。表現とは、その自覚的限定をいうものとおもいます。人間の表現としての美しさは、「なぜ」という問いを失ってはいない。問いはわたしのうちに止まることのない言葉ですから、問いは私から汝に移りゆく中間点をつくるともいえます。

ヘーゲルのあの汎神論的感情を示した詩「エロイジス」は、

「わたしがわたしのものと呼んだものは消えさる
わたしは側り知られぬものに身を委ねる
わたしはその中にあり、すべてであり、すべてでのみあるのみ、
反省的思惟は無限なものを怪しみ
恐れ、そして驚いて

この直線の深みを把握することができない」

このように直線や反省でとらえることのできぬものを――エロイジスの秘密――想像でとらえようとしている。この詩の、一にして全きものへの思慕、無限なるものに身を任せながら、無限なるものを怪しんでいる反省的思惟、そして感激的なファンタジー。このような詩は、問いのない詩とは区別されるとおもいます。このような詩を見ると、わたしたちはいよいよ曖昧な表現をすてなければとおもうのです。わたしは自然を宇宙的関係による生成的な営みとして理解したい。人間はあくまでも関係的な事実を知り、その事実を偽ることなく告げるものとして、そしてより高い調和をえがくものとしての存在の仕方をしたいのです。ですから、わたしは自然の美と、芸術の美をいつも共にもちたい。それは、自らが説明し語らない植物的情態的なものと、動物的な、しかし理智的な、想像的な、また労働的な、技術的な構成行為をともにもちたいという意味です。人間は自然者であり、そうしてそれを超える力をもったものとして理解しているから、わたしたちは、あまりに植物的な詩を見ると、人間らしく感じない。あまりに低い動物的な、熱病的に吠えるような詩にも、また独善的に、自分しか正義や愛をもった人間はいないといっているかのような詩にも感じます。それが人間らしいといえばそれっきりですが。

生物学者は、生物の運動の慾望の表現に外ならない。慾望は、生物体の均衡喪失の結果だといい、一つの目的への渇望を示すといっています。ゲエテは「わたしを悦しめ、苦しめ、また心を奪ったことを一つの影像に、一つの詩に変貌し、そのことについて、自身を精算しようとすることであった。そうしてわたしは、外的事物に対する概念を是正し、内心で安心したかった。」と告白しています。生の価値を、生の関連のうちに見出し、相互関係に在るものを、より高くあらしめようとしたといえましょう。たれにしても現実に何ら不満や、疑惑を感じることなく安住するなら、表現はもたないとおもいます。表現は、不満がはげしければはげしいほど要求的になり、個人的な要求から社会的な、関係的な要求になるとおもいます。

わたしはいつもおもうのです。表現の欠乏的な性質について、表現は持たないものを憧憬し、持とうとする。そしてそれを持ったかのようにえがく性質があるということを。沙漠の民族が、天国を故郷だといいきかせ、自らの生活を慰めた、あれです。天国という幻想は、飢渇と、嫉妬の苦痛からの脱出といえますが、注意すべきは、天国という表現により、天国という世界が在るものとなり、他に伝わるということです。言葉が世界を創るということ。わたしたちの作りたいものは、あくまで地上的な実現的な生活ですから、飢えや渇き社会的の原因について、相互理解が必要とおもいます。いかに飢え渇いているか、いかに脱出したがっているか、それを知り、社会的自覚をもった表現がほしいとおもいます。わたしは、一人だけが苦しんでいるかのような、一人だけが病んでいるかのような、また正義をもっているかのような詩を書いたとき、作者としては、じぶんをあまり考えすぎ、あまりに自分を美化したがる気持ちを見出して、険悪を感じます。美や真実、愛、正義とよばれているものは、他人に見出して書いたときほど気持ちがよい。ともどもに持ったものとして書いたものほど気持ちよいものです。子供のように真理や愛、正義をこれだけ自分はもっているんだといわんばかりの詩には、一種の無邪気さをともないますが、しかし真理や愛、正義とは「存在の仕方」をいうものですから、言葉や表現に存在の仕方の美がなければ、ほしいままの、身勝手なふるまいになりましょう。詩人は、むやみに真理とか、愛とか、正義の旗をふりかざさぬもの、言葉を暴力的に用いぬもの、素直なる正直なるものでありたいのです。わたしは、詩があまりに無理な秩序と結晶をして、自然よりも解釈しがたいとおもわせるとき、いいたくなりいいます。「これは詩ではない」と。わたしは、迷信や、なぞや、秘密や、狡猾をもたないものを詩だとおもっているから。

四

詩人は、主観的な亡霊にとりつかれやすい。あまりに個別的な、パトロギー的な人間を追求するがために重圧の霊を感じる。けっきょくエクセントリックな地下室の人間になっているとおもうのです。ニイチェのえがいたツアラトストラは、日常的凡庸なものを軽蔑し、隣人への愛を否定します。かれは民衆と言語を異にしていると吐き出すようにいっています。ツアラトスラは、愚衆にけがされることなき泉を高山にひとり見出して悦楽します。「わが精神をもって、かれらの精神の息を奪おう。わが未来はこれを慾する」ツアラトストラは驕慢です。じぶんは低地に向う強烈な風であるといい、あらゆる敵と唾吐く者に「風に向って唾吐くをやめよ」といいます。このような驕慢な嘔吐的饒舌は、自己浄化のためのカタルシスといえましょう。ツアラトストラは、ディオニソス的狂燥自嘲のうちに反省的な言葉をつづけます。「ああわたしは詩人に倦いた」こういって欺かれやすい精神を歎息しております。かれらは己の水を深く見せんがために、これを混濁せしめる。かれらは自ら知解者と称する。けれども実は媒合者であり、混合者であり、さらに不潔なる中間者である。ツアラトストラは自身を批判しているのです。ツアラトストラは、詩人をたとえて、美味しい葡萄酒をつくろうとしながら作れないものとして歎いています。多くの混ぜもの、名状し難いものを作っているものであるということに気づいています。

ツアラトストラは、夢想し饒舌するその果てに仮面をかぶったものの驕りを意識し、それを反省しています。作者は驕りを意識したとき、真実性を最後の徳として肯定しているものとして、ツアラトストラという仮面をぬいで、自己をあらわにみせようとしているとおもいます。

わたしたちは、ツアラトストラが民衆にいだいたような距離感はおぼえない。ツアラトストラが革命家にいだいたような感情はない。——かれは火の犬といい蔑視した——しかしわたしたちは、過去の精神的遺産を暴力的にふみにじるものを否定しますから、暴力性を克服する者としての革命家を要求します。もし詩人が、暴力の前に弱く、理性の前にも弱く、愛者としても弱い者ならば、詩人はいったい何をもったもの、何を求める者というべきでしょう。詩人は孤独性をあまりに尊重します。けれどもニイチェのツアラトストラも、ヴァレリーのテストも、対話を失ったことを歎いています。ツアラトストラは自己のうちに、二つの分裂した自我が、常住相面している孤独にたえれないといい、第三者の友人を欲しています。――あまりに深い孤独の中では生きることはできないから――近代詩人は、孤独の深さをいいながら、事実は孤独の浅いところで、しっくりあった仮面をつけたがっているのではないか。仮面をぬいで接したいとおもうときに、人間ははじめて空疎な権威から離れ、デモーニッシュなものから解放されることができるとおもいます。わたしは、ミューズに憑かれた詩人も、デモンに憑かれた詩人も、いっさい憑かれた詩人を否定したいのです。ヴァレリーのテスト氏は、ぼくはガラスで出来ていると告白する人間ですが、暗黒の王に、主よと最高の思想をお与え下さいと祈っています。テスト氏は、知的明証的（ロゴス）だから、暗黒（パトス）の王に祈る。暗黒の王とは、デモンともいえましょうが、なんとなくそらぞらしい論理的な規定を感じる。パトスの深淵からの声ではない。テスト氏はデモンにとり憑かれてはいません。距離をもって思い観ているのです。知的孤独者ですから、しかし、テスト氏はついに対話の欠乏を訴えます。「対話の欠乏感」とは、他者とも自然とも均衡を失ったものの、愛者として在らざるの悩みではありませんから。タゴールは「人間は本来、自我の奴隷でもなければ、世界の奴隷でもなく、愛者である。」といってはいます。また、「いかに努力をかさねても、自己の巣の蜜窩の中に止まっていては、蜜を創造することはできない。」と。タゴールには、生存の円満さがあります。宇宙と個人の調和のなかに、詩を見出しています。ヴァレリーのテスト氏は、知的に整頓されていますが、熱情と愛にかけています。ヴァレリーは、葡萄酒や蜜をつくる詩人ではないのです。わたしたちは、天才の孤独、その精神生活の異常性、健康の範囲を越えた興奮状態のもたらすもの——作品——から貴重なものをよみとるが、むやみには尊重しない。天才は興味ある想像的人間を創った。わたしたちは、それらの人間を愛し恐れ、または嘲り、ともに暮している。生けるものを愛し語りあい、より高く創りあげるために、それらの人間をひきあいに出し、生を鼓舞激励しているという意味で。しかし、いかようにか慕わしい有益な天才が、われわれの生を豊にしているかとはいえ、現実には優位性がある。「死滅したものから身をひくがよい。われわれは生けるものを愛そうではないか」と、ゲエテは晩年に芸術を健康なものに主張しています。真の天才は、世界の生を豊かに、相互関係をはずかしめない社会をつくるための努力、小自我を否定し、全我から誕生せしめる努力をするものとおもいます。わたしたちは、世界の不幸や貧困や、不均等に冷淡な小天才たちの——個人主義的な——観念遊戯的な仕事には批判的にならざるをえません。わたしは、天才を心的に健康なものに、労働的に把握した人に見出したい。愛者に見出したい。一種の凡庸を伴った者として天才を認めたいのです。

五

短歌は、心の修養というようなものになってから本来の姿――対話性――を失ったとおもいます。対話性は憶良の長歌などに示されている。わたしたちは、短歌を全的に否定しないが、しかし自然や社会に規定された感情を規定してゆくところに、詩人の積極的な姿があるとおもいますから、短歌のあわれ、俳句のさびを否定します。もちろん近代的歌人は短歌を時代的に変革してゆくとおもいます。短歌には時代の転換期には、いつも原形――問答性――をふりかえさす素質がある。原形をふりかえることによって、短歌も対話の精神をもったものとして在ることができるとおもいます。

短歌は、あまりに心境をいいます。短歌は心境を通じてかたりあうものとして考えられ、説明をきらいます。あまりに受身的な、自己肯定的な心境は、叙述を要求しないで自体として在ろうとし、自らが他に説明しようとしないとおもうのです。心境というものは、意識の境遇でありながら、自ら語らないことを徳とし、修行とか、修養によって達せられるものと考えられるから、その心境に達しないと、その心境をよみとるということはできないといわれます。短歌は心境を重んずるようになってから、対話の精神を失ったといえます。生々しい短歌は、自らをあらわにし、自らを他にかたっています。たえず自己の境遇に安住せず、生を求めているとおもいます。

近代詩は、自己を顕わにするところに生命があるとおもいます。沈黙するもの、また孤立することなく、関係的な自己をあらわにすることが要求される。それがモラルでもあるとおもいます。古い和歌的世界では、ほとんどが自己延長的で「われ」と「なんじ」は同質で「かれ」はいないから――いわゆる水入らずの世界で――自己諒解的だといえましょう。近代詩の世界では「われ」と「なんじ」とは異質的なるもの、対立するものとして考えるから、他人に判らせようと努力をする。したがって自己を顕わにするということの意味は深い。自己を否定するところの他者に出あった姿だから、自己は他者に出あわなければ顕わにした《ママ》。しかし、家族主義的な環境で育ち、自己延長的なものになったが、近代詩は西洋という他者に接触し、社会的個性を創ろうとするものであるから、自らのもたないものを、渇望的に求めるところの表現意慾をもっているといえます。言葉をつよめていえば、わたしたちは湿っぽい日本の風土的感情をもつものではあるが、思想的には渇ける者、たえまなく自らを否定し創造しようとするもの。

六

「われもかれも意識しないモノローグこそ、純粋な詩ではないか」という。しかし「われ」も「かれ」も意識しないモノローグというものはありえない。モノローグは、意識に対しての意識、意識の意識——覚醒——ではないが、現象としてはモノローグであっても、対話をへたモノローグとして理解すべきではないか。わたしは、対話を基本としてモノローグを考える。そして社会抒情詩は高度にディアロゴスを形式化したものと考える。日本の抒情詩は、あまりに叙述にかけている。知にかけている。社会的な愛にかけている。——ヘブライ語のヘゼットは真実な愛情という意で、関係に対する誠実という意がある——俳句や短歌を否定しながらも、現代詩人の詩になんとなく、俳句や短歌の面影を感じるというところに、生の追求の仕方、表現思想の問題があろう。詩は超在することもできる。文明に敗北した人世的な弱々しい告白でもあるが、告白にとどまることなく、新らしい世界、新らしい人間を創造する実践的なエネルギア——言葉——でもある。われわれの詩は、他者へ訴える力なくしてはありえない。われわれは他者に諒解を求めようとするから、言葉を問《ママ》のものとしようとする。リルケの「神よ」という言葉は人間の名にかえてもよい「林檎は名称を変えても匂う」あくまでわたしたちは、人間の名をもって人間の中に求め見出してゆこうではないか。

　わたしが「ミューズに憑かれた詩人も、デモンに憑かれた詩人も、すべて憑かれた詩人は否定する」といったとき、ある若い詩人が問いを発した。「インスピレーションを否定するのですか」と。わたしは「否定するのです」と答えた。わたしは生の新らしい統一を希う者だから、古代的詩学の定説、詩の形成原理を否定する。デモクリートは、偉大な詩人は、ある一種の神的狂気なしには考えられぬといった。アリストテレスの狂気や、神憑や、エクスタシーを同類の心性と観、狂気とインスピレーションを分離しなかった。プラトンは狂気を四種に分類したという。(一)予言、(二)怨恨のたった結果の狂気、(三)詩作、(四)愛、詩作とはミューズに憑かれたものの狂気で、魂がミューズの狂気にふれないものは、詩の殿堂の扉の前まで来て技術の助けをかりに入ろうとしても駄目であるといい、作詩させるものは智慧ではなく、天才とインスピレーションとであって、詩人は自分自身理解しない多くの優れたことをいうところの、予言者のようなものであるといっている。インスピレーションは狂気と不可分離と考えられている。だから詩人のインスピレーションを愛すべき狂気ともいわれた。近代詩人も憂鬱な世界を背負っているが、智的で覚醒的だから、インスピレーションという言葉よりも詩的感動、詩的想像力という言葉が適するということを知っている。自然もしくは、超自然的な力が外的なものとしておしよせ迫ってくるということよりも、詩人の内側から作用しかけ規定してゆくところの世界観的なエネルギア――言葉――をもっているという意味を知っているから。

ヘブライの詩を読むと――限らなくともよいが――悪鬼に憑かれた者という言葉が、いたるところに出て来ます。――悪鬼は悪霊でもある――これは伝統的な病患または社会的な精神の病として考えることができましょう。その悪鬼に憑かれたものは――言葉――エネルギアによって医癒され解放されています。エネルギア――言葉――の欠乏だといえます。悪鬼とはデモンとも解釈されますが、悪鬼といい、悪霊といい、デモンといい、エネルギア――言葉――の欠乏による心理障害だとおもいます。詩人はその障害を超えるべく言葉――エネルギア――をもつべくあるものとして表現行為をします。表現行為は、価値を転換してゆこうとする行為ですから、たんなる欠乏状態を表わすということにとどまらない。かならず一つの目標を示す。――だからだれにも見せないという詩などありえない。――それは憑かれたものでもなく、憑こうとするものでもない。かつて高村光太郎さんは「詩は直接表現に拠り表現そのものが詩に憑かれる」といった。――国語文化で――こういう言い方は、晦渋です。まだ原始的、巫的な行動と詩人の行動を分離していないとおもわせます。まだ原始的な恐怖や、精神の病であります。――光太郎さんひとりではありません――がしかし、詩人は精神の純化高揚をめざすものとして、もっとも覚醒的な努力をするものとして考えています。

詩はたんなる自己運動はしない。詩人はかならずしもすべてが愛者であるから、外的世界に眼を向ける〔文意不明瞭だが、そのままとする〕。原子力について考える。原子の破壊力を怖れる。人間はいつも人間の創ったものに圧迫、恐怖を感じるものであるが、しかしそれを克服する。わたしたちはその恐怖を克服するものとして在りたいから、原始的宗教感も、現代市民的な利己的な、安易なまたは分裂した性格を否定する。言葉とはエネルギアである。言葉は伝統的であると同時に、生成的な創造的なものであるということは、実践的生活を通じての詩人の実感だろう。

七

雨がひどく降る、
心の渇きを識る、
わたしは沙漠の民族の詩と日本の詩をおもう。

「絶望的にまで飢渇を覚えた者のみが泉を識る」とわたしはわたしにいう。

北川や小野の詩を見てもおもった。近代詩人は渇きをおぼえる者、日本の詩人いっぱんは、湿っぽい感情もっているが、しかし敗北を契機として、しだいに心の渇きをおぼえだしたといえよう。沙漠の声がきこえる。

座った――静的な――文学から、歩く――動的な――文学へ移行しているといえよう。小和合の心情は破壊されたから。しかし、ともどもに歩く文学の基礎体験にかけている。「きみは家族主義者か」「きみは個人主義者か」「きみは民主主義者か」「きみは共産主義者か」このような問いに「そうだ」「そうでない」「そうありたい」と三様の答えがあるが、偽らず答えるものは何であろう。表現は真実でもあり、虚偽でもある。開示するものでもあり、覆い隠すものでもある。表現とは、かくしだてなく、あらわにするものでありたいものですが、カピタリズムの社会では、私有のための技術ですから、けっして素朴に自己をあらわにはしないということを、考えにいれなければならぬとおもうのです。「この犬はおれのものだ、この日なたはおれの場所だと、かれんな子供たちがいったこの言葉こそ、下界のいたるところにおける簒奪の始であり、簒奪が行われる姿である」パスカルのこの所有権への疑問は、わたしの疑問です。わたしたちは、あまりに都合のよいことばかり、自分のものにしたがる。あまりに長い私有制度下で培かわれた表現思想――

表現とは、自然なものでもなければ、自由なものでもない。カピタリズムの社会では、自己の利益のために、表現を奸策の具にまで墜落させている。「表現を否定したい表現は虚偽だから。」わたしはこうおもうときがある。詩は人間の権威をたもつものとして、それに抵抗しているといえるだろうか。

わたしらの経験した、原子爆弾への恐怖は、詩精神を一変せしめたということを、世界に告白する自由があるとおもいながら、わたしはあなたに答える。

言葉はエネルギア――

表現は完全な諒解をめざして、わたしと汝を結合させるもの。

私の詩法

二十二、三歳のころの私は詩を歩きながら書いた。そのころは未来への憧れがつよかったが現実に魅力を感じていた。二十六歳から三十二、三歳ころの私は社会的な改造的な行動したあとで部屋で考えながら書いたが、そのころは現実への否定的な動機から詩を書いた。三十四、五歳から四十歳までの私は古典を学び再生したい気持が強くはたらいたから、現実だけを見なくなった。しだいに中世的な文化財に魅力を感じていた。逃避していた時代ともいえる。

四十歳ごろから、文化の持続性、断絶性、飛躍性について、ようやくまとまった考をもちだした。初期にくらべると持続性を尊重しだしたから、持続性、持続の中の断絶性、そして飛躍性の動機としての断絶性を考える。したがって自己が打砕かれながら新らたに形成してゆく過程を冷静に客観的に見るようになった。

初期にはまだ、自然的に小主観的な自分を歌いたい気持がつよかった。まだ文章に自分の感情思想が、そのまま表れるという風な単純な楽観的な気持が支配していた。だから必ず相手が判ってくれるという前提感で詩を書いたが、だんだん判って、今は、全然私の詩が判らない人に判らせようという態度で詩を書くようになった。

（共同歌や叙事詩などには、孤立化した抒情詩とは大きくちがった共鳴感を与えるものがあるが、孤立化した抒情詩には言語の社会性がすくない。）

私は抒情詩であっても、他者（原理的な）への説得力をもったところの他者を感動さす表現力をもった詩を書きたい。つまり自己延長的な水入らずの判りあう者同士の表現から、他者に判るところの社会的表現へと心がけているわけだ。したがって対話を基調にして詩を書くという意義を感じる。もちろん独自的な形式の詩を書くが、現実的な対話をへた上の独自であるから、対象性を感じることができるように書きたい。ときに、自分を汝とし彼として書いてみる。

詩は普遍的人間を創るものと思うから、私はあやしげな小主観的な幻想に価値を置かない。私はまだそういうものをもっているから、それが打砕かれてゆく過程をえがくことに興味と価値を感じる。心的活動性を抒情詩にもちたいのである。もっとも、ただ心的活動性なら藤村も示したのである。現代詩人としての私らは自己分裂の深さを知っているから、新しい綜合を意欲するところ、個々の分裂した心情を新たに構成してゆこうとするところには、より社会的な抒情詩を書きたい気持がつよくはたらいているといえる。したがって表現が自己的になり、新しい様式を創るために新しい生き方……生の様式……を求める。じっさい文章だけででも革命的なことをいったり、新しいことをいうそれだけでもたいへんな努力と才能がいる。まして、新しい生き方をし自己を転換さしてゆくということは容易なことではない。ともかく、私は文章を書く時間よりも、夢を実現する時間をよけいもちたいと思う。よく対話し行動しそのうえで書く生活をしたいと思う。病弱なので思想的自覚を、ともなわないことが多いから肉体的悪条件をいかに克服するかが問題になるが、しかし、そういうふうな生き方から創られたものがいいと思う。私はそう思うから、自分が思うように活動できないときは、文章の上で鍛錬をしてゆく方法を考えるわけだが、自分が憧憬しているものは、憧憬として書きたい。もたないものは、もたないものとし、求めているものは、求めているものとし、それから自分のもたないものをもっているものへの慕い方を示したい。私は、自分の詩の性格的な特徴をいくぶん知っているが、距離を知り距離を超える方法をもとうとし全く反対の性格のもの——つまり敵——をよく知ろうと努力しだしたところにあると思う。ラテン語の敵という言葉は、元来自分がもたぬものをもっている者という意味だそうだが。自分のもたぬものを、もっている者には羨望を感じ嫉妬心がはたらくということは、たれもが知っていることだが、敵の概念を、しっかりつかまえないと、詩作の上で失敗すると思う。しだいに大きな敵を求めだしたということができる。敵の前ににこにこ立ってゆきたい。敵とは対話の精神を強化してゆくものなのである。

じっさい、自己が他者——敵——に出会って、おののく心の姿を書くということはむずかしいことだと思う。なぜなら、敵には尊敬すべき者と、本質的に軽蔑すべきものがあるからである。偉大な人に出会い、現実的に自分の心が打砕かれ、ふるえるということは希わしいことだが、しかし、軽蔑すべき事柄や人間がふるいたたせるということを考えねばならぬ。信頼できる人間、いい社会の現出をいくら頭の中で考え、文章で書いたってしょうがない。自分と気のあう者同士だけでは、人間を信じ愛しているとはいえない。人間が「間」のあるものという自覚から、その「間」をちぢめようと努力するところに、私は詩の精神がはたらいていると思っている。だから抒情詩には出会の象徴美がなくてはならぬと思う。

私の内部が古く封建的で、そして、小ブルジョア的でありながら新しい時代の、にない手として活動するとき、私は内部にある古い感情をつつみかくすことなくあらわし、古いものが新しいものに出会ったおののき、化合を表現するだろう。古いものそれを材料として新しく創り変えてゆこうとする。

すべての運動の原理は同じなのであるから、それを心情的にも知り、創りかえてゆく力を、しっかりもちたいものである。

文字にとらわれぬよう、つまらぬ形容詞をむやみに用いぬよう。それから自分が書いたものに感謝して、いいなと思うとき、そのところを反対者の立場で見ることを忘れないよう自分にいいきかせている。自分でいいと思うところほど表現に混同があり、不充分さがあると思うからである。表現を明確にというと、ひからびた印象をあたえるかもしれないが、表現の豊かさ、ういういしさ、開示と展開の美をつくりたいからである。

詩人とユネスコ

「詩人とユネスコ」という題で話せとのことですから、私がなぜ、ユネスコに関心もつか、それをお話したいのです。日本の多くの詩人がユネスコに、どのような考を抱いているかをお話する方がよいと思うのですが、ごく少数の私の知っている詩人の考について話すことになりやすいので私の考だけをのべることにいたします。

私は、第一次世界大戦後の表現主義の感化をうけた一人です。表現主義は、とつぜん第一次世界大戦後に生れたものではなく、あるいはショーペンハウエルの哲学に胚胎しているともいえるし、また、トルストイやドストイエフスキーの宗教的博愛主義の影響をうけた、ともいえましょう。その諸相はいろいろです。私などキリスト教的博愛主義、世界同胞主義の詩人に共鳴した方で、資本主義と機械に反抗を示した表現主義に同感をおぼえたのでした。のちに機械を正しく見ようと努力しだしたのですが、表現主義の熱狂的な誇張した表現を好んだのです。(自分でも「文藝世紀」を創刊し、「野獣群」の同人にもなった。)

しかし、しだいに誇張した表現がいやになって、ノイエザハリッヒカイト(即物主義)にとらわれていったのでした。太平洋戦争のときには犠牲的行為を美化して考え「われらは死すとも祖国は生きよ」といった風な詩を書き、「祖国」のために死んでゆく青年のため心の中で悲しみながらある種の誘惑の中で生きていたのです。私の二十才代は表現主義の感化をうけて国家をきらい自我の拡充を叫んだのですが、しだいに環境に支配されていったのです。

今、朝鮮半島で戦争しています。第三次世界大戦にまで拡大するのかもしれませんが、今度こそ自分なりの考をしっかりもって生きたいものだと思っています。

ともかく今度こそ、冷静に覚めきった眼をもちたい。主観的にコーフンしないことだ、と思うしだいです。おそらくかように思うのは、私だけではないと思います。

この前の会の塚原さんの言葉の中に「高い合理性」という言葉がありましたから私はとくに共鳴を示したことでした。私たちは不合理な面が多いから高い合理性をもちたいのです。私は相対主義の立場をとって対話を基調とした討論に立っていますから、仰々しい言葉や独善的な誇張した表現をきらいます。そして、あまりに虚栄をもった精神をきらいます。

いったいに詩人というものは、精神の虚栄をもち自己を特殊に美化したがるものです。宗教家や詩人というものは独断的なものといわれています。しかし今日の詩人は独断におちることはできない。私とくにヒュマニストは理解という橋を大切にし反対の者、敵を深く知らねばならないと思います。私がここでいう敵とは、自分のもたぬものをもっている者という意味です。反対の者を理解しようとするところには関係の深さを知りたい内的な心の要求があると思います。かように思っていますからユネスコに私は関心もつのですが、ユネスコとはヒュマニズムに立った世界共同体の成立を考えているもの、基礎的な仕事をしているものだと思います。ここへ来ていられる方はみんなユネスコの理論や状況をよく知っていられる方で、私などはユネスコとは何か、日本のユネスコは何をしているか、どんな人がやっているか、よく知りたいと、まあ、そのように思うている研究生にすぎません。私はおそらくユネスコの宣伝詩人にはなれないと思います。どちらかといいますと、ユネスコの一字二字変えたい気持さえもっている者なのです。がともかくユネスコと可能な範囲に自律的に協力したいと思うわけです。私は、この前の会で、どなたから国連旗の下に剣をもって戦うといった風な印象をうけるお話を聞きましたが、同感できませんでした。もちろん、政治家がユネスコをいう場合と科学者がユネスコをいう場合と芸術家がいう場合、非常に違うと思います、私はユネスコは多様性をもったものであるが政治運動ではないと思っておりますから国連旗の下にすぐはせ参せるという風な詩を書かなくてもよい。正義のために剣をとれといった風な詩も書かなくてもよいと思っています。

わたしは、まず詩人は、言葉を虐使しないこと正しい象徴法をとること、詩だけの専門の立場に閉じこもることなく関係的に広く考えることがユネスコ的なことだと思っています。自己の正しい等級をもち他人の等級を理解したいと、思っております。

私は資本主義の立場にも共産主義の立場にも立てれない人間ですからユネスコに興味をもちます。

だからユネスコが国連の大国的現実主義にあまりに無批判であったらつまらないものになると思います。ユネスコはあくまで国連の外廓でありましょうが、世界の将来のことをよく考えて教育科学文化にわたっての基礎的な仕事をするものだというところに価値があると思っております。

ある会で、それは、ユネスコ的な会合でしたが戦争ボクメツという言葉を用いていた人がいました。共産党の人の中にも、ずいぶんひどい言葉を用いる人がいるが撲滅とは、こわい事いう人だと思ったことでした。私は、何を言っているかということよりも、その言い方をよけい注意します。

さきほどのマスさんの「タゴールの詩について」のお話はたいへん興味ぶかいお話でした。タゴールはガンヂイのようには文明を否定していないというお話でした。タゴールは西印度の森林に居を置く賢人たちを思慕し西洋との調和を求めていたという風にききとりました。

タゴールとユネスコ精神は一致していると思います。タゴールとガンヂイとはちがっている所もありましょうが、無暴力主義は同じだと思います。ともかく、ああいう詩人の作品には読者としての広さ高さを感じることができます。ゲエテや、タゴールは内部の力で物をいっていると思います。いくら、国に平和をとなえても戦争ボクメツなどといっているうちは個人間も国家間も暴力はたえまないことでしょう。私は、ただボクメツというその一つの乱暴な言葉を問題にするのではなく、コーフンした一切の言葉と己が背負えない言葉を否定したいのです。私たちは戦争の原因についてまだ知識がたりませんから、学ばなければならない。そして戦争しないですむように根気よく日常努力すべきだと思います。これは子供の教育から変えるということですからたいへん根気のいる仕事と思います。どなたか仰言ったようにユネスコ運動はすぐ戦争という火を消すことができないからつまらないものだ現実的には役立たないものだという風に非難される場合もありましょう。それは当っていないと思いますが、日本のユネスコ運動が上部での理論研究のグループになりやすく、ただ精神の虚栄を満足させているものになりやすいということは充分気をつけなければならないことだと思います。

私はユネスコ運動こそ婦人や子供たちに根を下さなければならないと思いますので、とくに児童や青少年への芸術教育にもっとユネスコ関係の方が熱心であってほしいと思うものです。ともかくユネスコのなすべきことは多いと思いますが私はユネスコは大国中心におちず小国との文化的交流を盛んにするものでなくてはならないと思います。とくに小国の詩人たちの作品を青少年に読ましたい気がします。今のユネスコ事務局長ボデー博士はメキシコの文部大臣をしたこともある詩人だといいますからボデー博士の詩集を読みたい気がします。そして私はユネスコの機関を通じて世界に日本の青少年の詩を送りたい希望を抱いています。そして日本の詩人の作品を、世界に贈りたいとも思いおります。芸術、とくに詩を通じて理解しあい、早く自由に各国が心身ともに交通できるようになると、いいがと、このような時代だけに、私たちは、よけい思うしだいです。

私の詩の朗読と話のあとで「人権に関する世界宣言」（世界人権宣言とも訳している）の批判討論があるようですが、いかなる世界宣言も死文になるようではしょうがありません。私がさきほど読みました、詩の中に、レプラたちのいわゆる健康な社会人のヒュマニティを疑った詩と科学への不信を吐露した詩がありました、あの詩をも考慮に入れて国連の人権に関する世界宣言を読んで頂きたいのです。科学の発達をどのように規定しているか芸術にどのような考を示しているかを御注意して下さって、よく判るよう説明して頂きたいと思います。

この原稿は木曜会という会での話を想起し書いたのです。「新詩人」からやさしい詩論をといわれたので、あえてこの文をお送りします。次の機会に補いたく思います。

ライ文学の新生面　恐怖・屈辱感からの脱出

一　民雄と海人の場合

北條民雄は、「我々の書くものを「癩文学」と呼ぼうが「療養所文学」と呼ぼうが、それは人々の勝手だ。私はただ人間を書きたいと思つているのだ。癩など単に人間を書く上に於ける一つの「場合」に過ぎぬ。癩者を救う第一の道は、癩者のもつ屈辱感を除去するためにある。この点を些かも考慮せぬ癩運動というものは、よし現在まで意義あるものとするも、以後あまり意味ないであろう。とまあ、私も一応は言つてみたが、諸君よ、癩運動が癩者のためのみのものであるなどとは、夢あまたれる勿れ。」と感想文の中で云っている。（中村光夫編、北條民雄集「頃日雑記」より）

民雄が「ライ文学」と呼ぼうが「癩療養所文学」と呼ぼうが人々の勝手だというところには、純文学強調の意識がはたらいていると思う。屈辱感除去をいっているがライの恐怖、屈辱感を克服した文学だったろうか。彼は同題の感想文の中で自殺を論じてこういっている。

「僕はね癩者の最も正しい行為は自殺だと思うんだよ。癩は国辱なりつて言うだろう。あれは真実だと思う。そして癩は国辱というより人類の恥辱、人類の汚点だと思うのだ。社会に対し人類に対して真摯な愛情をもち、その発展や進歩を信ずるなら、我々は一日も早く自殺すべきなのだ。」

「うん、君の言うことは僕は別段否定しないよ。しかしだね。いいか、君のいう人類という奴にだね、癩者が犠牲になるほどの価値があるかどうか、先づ疑問だよ。癩者だつて人間なんだろう。つまり人間を犠牲にして人間が発達するということが正しいかどうか判らんね。片方が発展するために片方が死なねばならんなんていうんだつたら、僕はそんな発展には参加しないね。」（「頃日雑記」より）

この対話は民雄の懐疑思想を示したものだといっていいだろう。彼はあきらめるということを怖れたが「死んで敗北から逃れる。」ということを肯定していたようだ。「一九三六年回顧」の中で、

「私はまた来年も死損い続けることであろう。

粗い壁　壁に鼻ぶちつけて

深夜——虻が羽ばたいている

つまり私は一ぴきの虻であつたのだ。だが孤独の恐ろしさにはもう慣れた。」こう云っている。

彼は果して孤独の恐ろしさに慣れていただろうか。

中村光夫は新潮文庫北條民雄集の解説の中で、「当時東京で貧しい生活をしていた多くの敏感な青年の例にもれず、彼は左翼思想の影響をかなり受けたようで『十八の春、小林多喜二氏の「不在地

主」を読んで初めて現実への夢を破られた。』とその手記に記しています。（中略）彼は死にいたるまで自分を或る意味でマルクス主義者と考えていたようで、これは彼の文学を理解する上に大切な事実ですが、しかしその運動に深く這入る暇はなかったようであるようです。」といっている。

私も北條民雄の文学を理解するためには、マルクス主義に関心をもったということを知ることは大切なことだと思うが、しかしマルクス主義的健康性をもっていたとは思えない。当時、ライ病は医学的に不治であり前途は暗澹たるものであったから恐怖や屈辱感からの脱出は容易なことではなかった。

民雄は年譜によると農村出身で昭和四年十六歳の時上京職業転々として十九歳の時郷里（四国）で結婚、二十歳の時癩発病のため破婚、昭和九年五月全生病院（今の多磨全生園）へ入院、七月に院内機関誌「山桜」（二年前「多磨」と改題された雑誌）にコント「童貞記」を発表、続いて小説を発表、園内の友人と文学サークルを起した。昭和十一年「文学界」にいのちの初夜を発表、文壇に認められた。「猫料理」「柊の垣にかこまれて」「癩院受胎」「癩家族」「道化芝居」「望郷歌」「吹雪の産声」などを書き昭和十二年に腸結核で死んでいる。

私は民雄が天才的作家だったとか純粋なものをもっていたとかいうことには、さほど興味がないが農村出身だったということ、入院三ヶ年余、二十四歳で死去したということ、その、作品に狂人や自殺者がめだったという事を考える。「いのちの初夜」の中に現われる佐柄木は「あの人達の人間はもう死んで亡びてしまつたんです。ただ生命だけがびくびく生きているのです。」といい「尾田さん僕は不死鳥です。新しい思想、新しい眼を持つ時、全然癩者の生活を獲得する時、再び人間として生きるのです。復活そう復活です。」といっている。当時のライ患者の中には北條民雄が描いた佐柄木のような人間が事実いたと思ってよい。しかし今日の患者は医学上の新しい可能性を感じて社会的人間としての自覚行動をしているから佐柄木というような型はもう古く狂信的にさえ見える。

明石海人は北條民雄に比べると、社会生活、療養生活ともに長かったから民雄よりも肉体的苦患の度合が深かったようだ。民雄について内田守人は「まだ癩者の肉体的苦患を充分体験しない間に腸結核に罹つて死んでしまつた。九州療養所の島田尺草君と我が明石海人とが失明と気管切開とを共に体験し癩者の苦患の全部を体験した。」といっている。海人も腸結核で死んだ。彼はキリスト教の感化をうけたが深まらずマルクス主義的思想に深い関心をもった時機もあったようだが妻子親族の関係からも社会と闘うということよりも自己完成ということが大切だったようだ。妻への手紙に「再び云う。私の事は顧慮する必要はない。お前はお前自身の最善と信じる道を選びなさい。（中略）私は絶望の極、死を選ぶようなことはしない。」といい、別便に「神を信ずる者なら神に祈ろう。仏を拝む者なら仏を拝もう。然し私には信ずるべき縋るべき何物もない。私の信ずるのは唯自我、私の頼るは、ただ我が理性。」といっている。海人は理性の眼で物を観るといいながらも「しかし私の理智が、あの感性の嵐に堪えられなかつたら潔ぎよく砕けて散ろう。」といっている。民雄にしても海人にしても優れた文学徒であったから無智な罪障感はない。民雄は「死んで勝つということはない。」「虚無たり得ないのが人間の宿命だ。」と、生の執着を感じながら死んでいった、と思う。海人は「短歌に於ける美の拡大」の中で「作者は哲学者の聡明と科学者の透徹と革命家の気魄の上に詩人の情熱を盛らねばならぬ。」といい、思想性、社会性、積極性、飛躍性を強調しているが、

地の上に
呪われた酒宴の
あるかぎり
歌は遺らむ
ときに
石を濡らす
夜霧のやうに
「わが歌」

このような哀感の深い作品を残した。「昨日は二つ今日は一つこの頃詩の出来るのは 先きの短い魂の この世にのこす歔欷《すすりなき》」(「詩」)。海人は療養生活十余年、三十八歳で死んでいるから、二十歳少し越した青年北條民雄のような天才讃美的なものはない。民雄よりも苦《にが》い闘病生活で理性の眼をもとうとした詩人だが、「虚」と「寂」を深く感じた詩人だと思う。妻への手紙に「運命の悲しさを歎くば

かりだ。」という言葉がある。民雄と海人とは、いろいろな面で異う。民雄は農村で海人は都市で生れた。民雄は療養生活三年余、二十四歳で死去（昭和十二年）。海人は療養生活十余年三十八歳で死去した。（昭和十三年）（二人とも日華事変が起った年に死んだと思ってよい）。彼らは多くのライ患者がそうであるように自殺について考えた、がしかし生きようと努力した。文学は彼らの文柱であった。民雄は「ただ小説という武器をもつて追求して行くだけだ。」といった。それらはライ者の屈辱感を社会的に追求してゆくという意味ではなかった。ライ者にも本質的な健康性があるということを強調したが社会的人間としての権利は主張していない。

二　戦後の詩人たちの場合（予防法改正運動にふれて）

しかし戦後の思潮は療養所の性格を一変させ、憲法による基本的人権が尊重された社会保護法的予防法要望の声がたかまった。一九五二年には全国国立療養所患者協議会が、ハンゼン氏病予防改正促進委員会を設け、乏しい自治費をもって献身的に活動し始めた。この事は新薬プロミンと切り離して考えることはできない。プロミンにより全治の可能性が生じ、科学への信頼感が強まったからこそ集団的に制度と闘う勇気をもつことができたのである。彼らの生活改造意識、表現改革意識は波状型にざんじ高まり、いまわしい記憶をもつ「ライ」という呼称をハンゼン氏病と改めることを申し合せ各方面に運動の形をとった。

新薬出現　全治癒は未然形
咽喉切開が終止形
これらの活用はみんな暗い

「主語」より

このような詩句や「ライがハンゼン氏病に変つても私は救われはしない。」「私たちの醜貌が元通りになりはしない。」という詩句もあるが、しかし新薬プロミン獲得祈願の断食をしたということは、プロミンが若い癩患者にのみ救であるのではなく、すべての患者に希望を与えるものだからである。読者の中には新聞にシュヴァイツァ博士がフランス領アフリカの病院でプロミンを実験し、ライは治るといい医薬の進歩を賞讃した記事が載ったことを憶えている人もいよう。

もしハンゼン氏病に国家が現在の倍の予算で改善改策をとり、医師看護婦を倍にしたなら、その効果は予想以上であろう。(現在医師一〇〇人に対して一人位で、しかも定員に満たない。看護婦は四〇人に一人位) 私は軍艦一隻作る金で組織的なライ研究所を世界の協力で作り予防法を科学的に示す事ができたなら、おそらく近い将来ライは結核よりも怖くない病気になるだろうと思う。われわれのような素人にもライと結核が非常に似ているということは容易に判る。今日は結核は、さほど嫌われないが、二十年、三十年前には想像以上に嫌悪され患者の家を通るとき呼吸をせず通った人さえいたのだ。ライの現状は結核の二三十年前の状態よりも悪い。社会はライに対して無智だ。ライ予防法は、その、むやみに恐れる人のためにあるかのようだ。強制収容、懲戒検束、不当な罰金などがめだつ。日本にどれくらいライ患者がいるか、ということを考えると、あまりに線が細いと思わせる。（明治三十年に大体三万人位、現在約一万人収容され三、四千人社会にいるといわれる。）印度には百三十万人、中国には百万人（推定）のライ者がいるといわれているが、日本の場合は収容されている患者は、九六五九人、在宅患者は一七二三人、未発見の患者は在宅患者数位だと昭和二十七年に報告しているから、その対策は、さほどむつかしいことではないと思う。

患者が今議会に提出された改正予防法に反対しているのは、主として強制収容、家族の強制検診、逃走その他に対する罰則、所長の懲戒検束権等だが、印度の場合は全患者を収容することができないから強制収容ということはなく療養所を出ることもかなり自由であるようだ。わが国の場合患者が少いから完全収容という理想をもつことができるわけだが、それを、まじめに考えるなら強制的にしないほど目的を達するわけだ。（貧困者は強制収容されたが知名な文学者生田長江はライであったが強制収容されなかったという矛盾がある）官吏の中にも一部の人たちは強制収容をしない方がよいという見解を示しているが、厚生省全体としては、すこぶる不手際だ。強制収容という言葉を完全収容と、変えて法文に用うだけの政治的社交性や礼儀を患者にもつことぐらいのことは知る必要があると思わせる。「役人よりも患者の方がはるかにアタマがよく文学的ではないか。」と思わせる。もちろん「役人も個人としてみるとなかなかアタマのよい人がいるが、かんじんなことは制度を根本的に変えなければならない」ということだと思う。

去年の「多磨」（全生園の機関誌）にこんな文がのっている。

「民主々義の今日、世界のどこの療養所にもこんな強圧な野蛮な予防法はないのです。現にアメリカなどでは純粋な医学の基礎からライは非常に弱い伝染病で、めつたにうつるものではないから平等な基本的人権に基いて隔離療養の必要なく、したがつて被選挙権も与えられるべきであるとしてカピール療養所からは最近だけでも百五十名の病友が軽快退園しているし元療養所にいたことのある人で健康人と結婚して沢山の子供を生み堂々と幸福にくらしているのであります。このヒューマニズムに富む予防法と絶対隔離の飼殺主義的日本式予防法を比較して見るならば、正非はあまりに明白でありませう。――中略――療養所代表三園長の参議院厚生委員会における参考人としての証言は私達の希望とは全然反対の暗黒時代への逆行を示すもので新憲法下の人間として生きようとする全国の入園者を啞然とさせ極度の憤怒を覚えさせたのであります。」これは患者協議会による「予防法改正促進委員会発足に当りて」という文の一部である。患者たちが、比較主義的に考え市民的権利を主張しているという事を特に注意すべきだ。

一九四九年にＷＨＯ（世界保健機構）でライの問題が積極的に取上げられ、ユネスコ第七回総会でもハンゼン氏病の市民としての利益、権利を守るよう加盟国に勧告したと思うが、政府機関はいまだに特殊部落民扱をしているという印象を与える。ＷＨＯやユネスコがどのように癩の問題を取扱っているか、私たちはよく知らなくてはならないが、ライの問題は、とくに世界協力しなくてはならない、ということは少し事情に通じている人ならだれでも考えることだ。とくにハンゼン氏病はアジアに多いのであるからアジア各国の協力が必要だ。私は日本のライの状態はヨーロッパのルネッサンス期によくにてると思う。中国に百万人、南鮮に二万人、印度に百三十万人といっているのだから隣国との協力も積極的になされなくてはと思う。朝鮮での戦乱のため療養所の生活が破壊され相当数逃げてこなくてはならなかった。（こういうことは経験に富んだ療養所の医師が一番知っているわけだ。）そのためにも、日本のライの予防法というものは各国協力のイデエをもったもので、社会保障的なものでなくてはならないと思う。なぜ患者たちが秘密（ライであるということの）ローエイを怖れるかということについて政府は理解を深めなくてはならぬだろう。日本の場合、完全収容の可能性がありながら、それを自ら拒み破防法的なものにしている、と思わせる。

こんどの議会に提出された厚生省案改正予防法に反対し患者たちが議会前に坐り込みの請願運動したということ、ハンストを決行したということを一般市民がどのような眼で眺めたか、市民は必ずしも同情的であったとは思えないが、私たちの眼には、たいへん意義深く映った。療養所の若い詩人たちの中には理性的に委員活動をした人がいる。ハンスト組に身を投げるように入った人もいる。ハンストは知的な方法ではないが患者の立場になって考えると認めざるをえない。療養所の職員たちの中には官吏ではあるが、患者に比較的温い態度を持ち協力げきれいした人が多かった。それは療養所の官僚主義的へイ害を彼らがよく知っているからだ。患者たちが職員の立場からも共鳴できる療養所改善の思想をもっているということを見落としてはならぬ。草津に限っていえば町の人が楽泉園の患者たちに理解を示し積極的に請願運動をした。ということは伝統的に草津の町の人らが患者に親密性を抱いているためであろうが、患者が職員や町の人へ驚くほど熱心に理解運動をしたということは注意すべきことだ。彼らは北條民雄が描いた「いのちの初夜」の佐柄木のような人間ではなく「じぶんらは死んだ人間ではない。社会的人間だ。君たちよりも人間だぞ。」と叫んでいるということができる。

ぼくらは　ぼくらの目を創らねばならない
世紀ののろしをあげなくてはならない
Abnormal が当世気質なら
ぼくらは normal になりたい

「oh look to the peace!」の一部。（谺雄二）

癩者は人間性を無視され
凍えながら死んでいつた

苦しみながら壁板に枯れた文字で
「私には罪はない」と記されていたという

「特別病室」の一部。（福寿美津男）

ぼくらは人間性の展望台をつくろう
健康な詩を悲しい家庭に送らねばならぬ

「詩」の一部分。（重村一二）

あの日死んだお前
生きているおれはレプラの座に
表情は歪んでる
――戦争癩、生きている英霊――
〈あの黄な臭い硝煙の果に　また朝鮮で
夥しい流血　この後に
　誰が平和を保障する〉

「あの夥しい流血の後に」の一部。（島村静雨）

あの政治家は　もつと皆様の幸福のために
努力しましようといつたが

「微笑まなかつた男」の一部。（森春樹）

私の手は曲つている　しかし摑まなくてはならぬ　歯が抜けている　だが噛まねばならない

「生きるということ」の一部。（志樹逸馬）

このように民雄や海人とまったくちがったものを示している。彼らは恐怖や屈辱感から脱出するためには、生活を闘病生活であると同時に悪制度と闘う生活にしなくてはならぬ、ということをはっきり知った。

ライ者たちは人権を守るために自己の教養を高める努力をすると同時に国内的国際的な理解運動を展開してゆくだろう。これから療養所に入る若い人の詩や小説には、北條民雄のえがいた自殺者や狂人や佐柄木のような人生観をもった人はいなくなるだろう。アジア全体はまだ貧困と飢餓、不安から脱出していないのだから、ハンゼン氏病は相当長い間、絶えることはないだろう。が恐怖や屈辱感はうすらいでゆく。ヨーロッパもルネッサンスを境として減少したのだ。アジアはこれから減ってゆくと思う。

私はライはハンゼン氏病であり、アジア病だと思う。患者が書いたものを一応療養所の文学とか、ライ文学と呼ぶが発展的な新生面を考えるとき、そういうよび方に不満を感じる。とにかく視野の広い日本の封建性の底をついた、もっとたくさんの人間の出る小説や、もっと本質的に追求した詩が創られると思う。

附記　この文には、島木健作や阿部知二、川端康成の小説には、編集部の希望の主題からもふれる必要はないわけだが純文学や探偵小説にライがいかに描かれたか、ライ者が書いたものと、どうちがうか比較してみることも必要だと思う。

自伝（神と機械にとらわれた自分について）

一九〇六年（明治三十九年）高知県宿毛町に生れた。小さな町だが、今は市になっている。宿毛港の沖に第二艦隊所属の軍艦が碇泊することがあった。

父は石版印刷業をしていた。若いとき東京で習得したといっていた。祖母は祖父が医者だったせいか、父が石版印刷業をしていることを快く思っていなかった。私に「おまえは医者か弁護士になるとよいが」といっていた。父はキリスト者の生活をしていた。宣教師のモーア先生は「この子を高知へつれて行き牧師か通訳にしたい」といっていた。父は賛成だったが、母は頑固に反対した。長尾牧師は幼年学校出の牧師さんだったから、父に幼年学校をすすめていたが、母はそのときも反対した。その話は長尾牧師がシベリヤ出兵のうずまきにまきこまれたため、自然消滅になった。

私は母に反感を抱いた。「日本海流」という詩に「わが母はミクロネシヤの女酋のごとく情につよく愚かなるを知らず」と歌ったぐらいだ。母は宿毛から四里ぐらいの泊浦という漁村の人で、古い地方豪族的タイプの人だった。母の兄は無智で放蕩な人だった。母の父は盲人であったから、長男の放蕩性を監督することはできなかったようだ。私の母は生家が没落してゆくのを目前に見ながら父の職業的不安のため、じぶんの権利の山林や畑や家を売らなければならなかったが、子供の教育のために売るという考えは抱けなかった人だったから、私は母にも同情しなかった。

大正九年、大水害のため私の父はたいへんな困り方をしていた。父はその年に急死した。私は東京の同姓の縁者に保護された。その人は大きな印刷会社を経営していた。私は初めて精巧な自動的機械をみて、かんしんしたが、おやじと同じ職業はいやだと思い、つぶしのきく写真部に入ることを希望した。社長であるその人が、自宅へ写真部長を招いて特別な指導をたのんでくれた。

そんなわけで私は、祖母が希望した医師、弁護士への道もまた、モーア先生が希望した牧師への道も歩めなかったので詩を書いた。学校は反対されたので一応、断念したが、気安めに日進英語学校へ通った。十九歳の時だと思うが、労働学院という学校へ行っているとき学校から小菅刑務所と松沢病院を見学した。そのときから私の感傷的文学思想に大きな変化が起った。機械とは何か、機械はどういうふうに用いられているか、ということを熱心に考え、さかんに読書した。表現主義の芸術思想が私をとらえた。

そのころ神学上の神は判らなかったが、小羊的なキリスト教をいやがった。ブローグの「十二」という詩などに感激して苦悩の庶民としての「使徒たち」という詩など書き、しだいに原始キリスト教について考えた。山雅房版の現代詩人集六巻鷲篇に収録した「機械」に「人のために心狂つた人を記念せよ」という言葉がある。それはポウロの「我ら、もし心狂わば神のため、心たしかなれば汝らのため」を意識して書いたものだ。

昭和三年、詩集「血の花が開くとき」を出してからプロレタリア詩の運動に参加した。その後、いろいろな事があったわけだが、もし純粋だけで生きていたら、とっくに死んでしまっていただろう。

戦後、じぶんは、どのように神と機械にとらわれてきたか、顧み考えた。じぶんでもよくわからないが、教会的な神ではないことはたしかだ。それは新しい神話性ではないかと思っている。

研究書に「日本詩語の研究」(昭和十七年)、「国民詩について」(昭和十九年)、叙事詩的な「イエス伝」、童話集「うたものがたり」、編著に全国ハンゼン氏病患者の詩集「いのちの芽」などがある。

日本思想への転向者フェレイラ

一　仮説と風説

フェレイラは、長与善郎氏の「青銅の基督」に出るから、多くの人に「目明しとなって踏絵を案出した異国の転びバテレン」として知られている。「青銅の基督」は戦後、映画にもなった。

私はバアデレ（司祭・神父）フェレイラについて、ながいあいだ想像的な仮説をたてて、彼の転向の型は、外見、カトリック教から禅宗だが、内面的にはプロテスタント的な一分派の性質をもったものではなかったかとおもいつづけてきたので、じぶんなりのフェレイラ像ができあがっているが、ちかごろ、じぶんのフェレイラ像が虫のいいものなら壊さねばならぬと思い、「顕偽録」を読みかえし、それは、どのような状況で、どのような動機で書かれたか、そこに何が書かれているか、それは、誰の思想を表現したものであるか、そこに、ひそめたものがあれば、それは、どのようなものであるか、などと考えているから、「顕偽録」にふれていう前に、姉崎正治氏や新村出氏の著書「クラッセの日本西教史」その他のフェレイラに関する記事を綜合し、自分の想像も少しは加えるだろうが、できるだけ時代環境と教団の内部を知る上に必要な事柄を挿入して年表的記述を試みてみよう。

クリストワン・フェレイラは、一五七一年にポルトガル北部に生れた。(生地は詳しく伝わっていない)

慶長五年(一六〇〇年)関ヶ原役の年、オランダ船リーフデー号が日本に漂着した。フェレイラは、その年に他のイエズス会士と共に日本伝道に来たとおもってよい。慶長十五、六年に来たという説があるけれども、ここでは象徴主義的な云い方をしたい。

時の日本司教はルイス・セルケーラ。彼が日本へ来たのは慶長三年。「サルヴァトル・ムンデ」(救世主)や「落葉集」が出版された年。キリシタン出版活動の盛んな頃。

慶長五年からキリシタン迫害現象は、第二期的になり、豊臣方のキリシタン迫害がめだつようになる。

そのころのイエズス会は経済的に悩んでいた。ローマ教皇からの補助金は絶え、ポルトガルからの補助金も不規則だったからイエズス会に教皇の許可をとり、貿易をしなければならなかった。マコオで支那の絹を買入れ長崎で仲買人に渡し、その利得を教団の費用にしたのである。家康も最初はキリシタンの貿易を利用した。

イエズス会が商売をするということに他教団のフランスコ会やドミニコ会の関係者が反感を示し、

イエズス会は日本侵略の禍心があるといい、商利、独立の心などをあげて憎々しく非難して、ローマ教皇とスペイン国王に訴状を提出した。そのことは門派対抗の一角を示すものだ。イエズス会にも貿易をするということに反対する声があった。

慶長十四年（一六〇九年）に、オランダ船が平戸に入港し、幕府の許可を得て平戸に商館を置いた。そのことはイエズス会の経済的不幸を増すということであった。家康はオランダとポルトガルの対立を巧みに利用した。

慶長十六年（一六一一年）大村領の信徒の柿の木から奇蹟の十字架が発見された。

十七年には長崎郊外で、十八年には浦上で同じように信徒の柿の木から奇蹟の十字架が発見された。それは、キリシタンの布教者と信徒の動揺を語るものだ。

セルケーラ司教は、大村で発見された時、神学に造詣ふかいバアデレを大がかりな方法で召集して会議を開き、神の奇蹟的な御業であることを認めた。すると、その風説は次々にひろがり、信者は奇蹟の柿の木の根元まで、ひそかに盗んで病人にせんじて飲ます、といった奇妙な出来事が起りだす不安の時代、セルケーラ司教はポルトガルのイエズス会管区長あて「この新しい葡萄園（日本）を殉教者の血で灌水したことはデウスに喜ばれる——殉教者の結んだ果実は新しい帰教者《ネルフィスト》に対してばかりでなく異教人たちにも役立ちました」と迫害による殉教を讃えて報告し（一六〇九年二月五日日付）ポルトガル国王に大村で発見された奇蹟の十字架にふれて、殉教を励ますデウスの御業という語感をもって「殉教の血はキリシタンの種子、迫害は教会を作り、鉄で刈りこんでからは樹木に一層太い枝葉が生じ一層饒多の果実が成ります」と報告している（一九一二年三月五日日付）。その翌翌年の大追放の年にセルケーラ司教は病死した。彼は赴任直後ポルトガル商人が日本人を奴隷として売買することをイエズス会の恥辱として、ポルトガル王に奴隷売買禁止を請願しなければならなかった。彼はキリシタン出版活動のもっとも華かな時に日本に来たのだが、布教史上もっとも困難な時だったので、経済問題から貿易と信仰とを混淆する矛盾をつづけ、門派対抗の悩みのうちに死去しなければならなかった。

天正の頃、ローマに三侯の使節を伴って行ったメキスタ師も病死（主席使節伊東マンショはバアデレにまでなったが、すでに永眠。千々石ミゲルは自発的に棄教、原マルチノは教団の翻訳事業に従事した語学の秀才だが消息不明。中浦ジョリアンだけ数少い日本バアデレとして活動していた）。

慶長十八年（一六一三年）の大追放の直前ロドリゲスはマコオへ追放された。まもなく有馬に殉教者救援のため「マルチリョの組」（共産党の組胞組織と比較すべきもの）が作られた。それは迫害に対する対抗を意味するもので、次から次へ拡がった。キリシタン布教団は司教の後継者のことや副司教のことでゴタゴタした。

マコオで、ロドリゲスは日本の潜伏キリシタンのため「サンタマリヤの御組の掟」を書く。

大追放の年からまもない元和三年（一六一七年）イタリア人のイエズス会バアデレ・ジャノネが変装して潜入するようになる。彼も「さんたまりやの御組の掟」を作る。

大坂夏の役（元和元年）ごろからキリシタン迫害は第三期的現象。迫害はしだいに苛烈になる。元和四年（一六一八年）スピノラが捕縛される。彼はイエズス会の会計と教務を支配していた。慶長十六年頃までは京都で一種のアカデミヤ（教学院）を組織し、天体の運行や宇宙のことを説明しながら創造主を説いた。何年間、京都にいたのか。

ハビヤンは慶長十一年（一六〇六年）羅山と論争後、自発的に転向し、奈良に隠れ、さらに大和をさすらい、元和六年（一六二〇年）で「破提宇子《はでうす》」を著した。

フェレイラは、元和年間（一六一五―一六二四年）平戸や京都附近で布教活動した（クラッセの日本西教史）というから、ハビヤンに会おうとおもえば会えたわけだ。

私は試みに、それらの説にしたがって「フェレイラは、元和年間に平戸から京都へ向った。そのときハビヤンは京都へんでフェレイラと会談し、キリシタンの布教方針を変えるべきだとフェレイラに強調し、キリシタンに厚意的な意見をもつ所司代板倉と非公式に会うことをすすめた」と、いうふうに描いて、じぶんの想像的な仮説イメージと類似性があるかどうかを考えるが、かんじんなことはこのようなところにはない。

寛永三年の布教長コウロスの松倉領高来からの手紙を読むと、信徒の家の穴の中で十五日も隠れていたことがわかる。食物はカワラ大の隙間から入れ、ワラをかけて穴を見られないようにしたという。信徒たちによって作られた「コンフリヤ」（組・講・信心会であり、救援会）の組織が、教会の役割をするようになる。

フェレイラが捕縛されたのは寛永四年（一六二七年）大坂で、とか、寛永五、六年とか、やや下っての頃とか、寛永十年、長崎で捕えられたとか、いわれている。

シャルデアの「日本誌」によると、寛永十一年（一六三四年）彼は属官として、相談役として交渉をもった上役のヴェイラ・セバスチャンが江戸へ護送されるとき、同伴したことになる。

ギリヨンの「鮮血遺書」によると、セバスチャンは元和九年（一六二三年）ローマに帰り日本の報告をし、再び寛永九年に日本に来、平戸に上陸しようとおもったが警戒きびしくて果せず、サツマに上陸し、ひそかに五人の教方と大坂へ行ったが、そこで捕えられ、長崎に護送されたが、将軍の希望で江戸へ、ということになっている。「鮮血遺書」の著者は、フェレイラにふれていないが、セバスチャンに伴なって幕府側の通詞役をしたのか、セバスチャンと一緒に大坂で捕えられたのか、セバスチャンとは無関係に捕縛されたのか、セバスチャンが大坂に行ったときには、すでに転向していて、その捕縛になんらかの作用したのか、風説的記録は、いろいろ想像させる。

西洋側の記録も日本側の記録も、フェレイラを正しく伝える意図をもたず、それぞれが、自己の表現目的のためにふれているのだから、正しい部分があっても全体としてフェレイラは疎外され歪められているとおもう。

転向後のフェレイラを「彼は踏絵を案出した」「江戸忠庵、目明し忠庵と呼ばれて長崎五島町に住み、三十八人扶持をうけ転宗者帰正の証人に立った」「目明しをしていることがポルトガルに伝わると、鍵のジョアンと呼ばれ軽蔑された」「財のある支那人の寡婦（日本人）と結婚したが、軽薄で永く同棲せず、一定の地位にとどまらず人から擯斥された」「フェレイラは人間的弱さのため徳性のある過去を捨てた」「忠庵は南蛮流外科医で、西玄甫、半田順庵、杉本忠恵などの弟子がある。杉本忠恵は忠庵の婿である」などと伝えているが、真実のフェレイラは踏絵を案出したのはフェレイラだ、などというところや、目明し扱いしているところにはない。なぜなら、役人は長い間の経験で、いかにキリシタンが聖なるイメージを踏むことを恥辱として必死に拒んだということを、よく知っていたのだから。絵踏《えぶみ》はフェレイラ以前から自然的に行われたと思ってよい（踏絵《ふみえ》を制度化したのは寛永年間とおもわれる）。

フェレイラが転向した寛永十年前後になると、日本人のバアデレやイルマンであった転向者が、かなりいたのであるから、フェレイラに目明し的なことをさせる必要はなかっただろう。そのことは、寛永二十年に潜入したバアデレ・キアラ（岡本三右衛門と改名し改宗役に協力した人）が取調べられたとき、通訳として立会い、キアラの持っていた天文書を改役奉行井上築前守の命をうけて、フェレイラがローマ字に口訳し、それを西吉兵衛が読み、向井元升が日本字に筆記し「乾坤弁説」として明暦年間に長崎で編述されたということを考えても、おおよそ彼の役柄がわかる。

長与氏は「青銅の基督」の中で、フェレイラを目明し的に描き「彼は〝どうせ天国に叛いた上は地獄の鬼になれ〟さういう捨て鉢な気持になった」といっている。そこには、風説をもとにして描いた西洋のデカタンスとはちがう日本人らしいステバチの転びバテレン像がある。

新村氏は、フェレイラが転向二、三年後に書いた「顕偽録」にもとづき、「最後には再び信仰に立ち帰り承応元年（一六五二年）に刑死したという説もあるから、破邪といい顕偽といい、表面だけであって裏面は顕正の方便であったのかもしれない。それはともかく忠庵の人格は、あまり感服できぬところがある」（与謝野寛、正宗敦夫、与謝野晶子編「日本古典全集」第二期「顕偽録」収録の解説文）といっている。

私は新村氏が「フェレイラは最後には再び信仰に立帰って刑死した」という説に躓いて「あるいは破邪、顕偽というのは（歴史の）表面だけであって（歴史の）裏面に顕正（護教的行為）があったのかもしれない、といっているところに関心をもつ。

新村氏は「フェレイラは人間的な弱さから誤って転向し後に後悔して殉教したかもしれない」というわけだが、再びカトリックの信仰に立ち帰って殉教したとはおもえない。

フェレイラが「顕偽録」の中で、天地は神が作ったものではないといい、超自然的なイデーを断絶した人作《にんさく》（人為の法）の自覚を示しているところに、偽装と見たくないものがあるせいだろうか。

風説には低級な神話性がともなうから私は風説を壊せるだけこわして著書の背後にあるフェレイラ像をつかみたい。

二　顕偽録にふれて

「顕偽録」は、迫害史区分けからいえば、最高頂の第三期の終りにあたる禁止令の積みかさねである鎖国令が発せられた寛永十三年（一六三六年）に書かれた。

翌年、島原の乱が起り、その三年後に幕府はキリシタン改役奉行を置いて組織的探索方法をとるようになるから、改宗政策に、センメツ政策というべき面をもちだし、桑名古庵のように少年の時に洗礼していたというだけで一生（四十年）牢獄生活を、しなくてはならなくなる。

彼は「顕偽録」の初めの方で自伝にふれて

「ソレガシ南蛮僻地ニ生レ、邪路ニ迷ヒ正路ヲ知ラズ――多年ノ間、飢寒ノ労苦ヲイトワズ、山野ニ形ヲ隠シ身命ヲ借シマズ、制法ヲ怖レズ東漂西泊シテ、コノ法ヲ弘ム。然ハアリト云ヘドモ、日本ノ風俗ヲ見、儒釈道ノ理ヲ聞キ千分ガ一サトリ――鬼利志端《キリシタン》ノ教ヲステテ釈氏ノ教ニ心ヲトドメルユエ、鬼利志端ノウンオウ（奥義）ノトコロ、コレヲ是トスルニハアラザレドモ非ヲ説テ理ヲ知ラセンタメニアラアラ言アラハシ鬼理志端ノ宗旨トナシテ邪法ニ習差シタル万民ノ戒トス」

このように、多年潜伏活動していたが、日本の風俗思想にふれて少し悟るところがあり、棄教して釈尊の教に心をとどめているから、キリシタン宗旨に慣らされているものにキリシタンの教義の根本を解明し、その非を説き理を知らして戒めたい、といって、信ずべきこととされているデウス、死審判・原罪など、守るべきこと、とされている十誡と、聖籠を得る方法《みち》といわれる儀式を否定的に解釈して、最後にシャレのようなことをいいながら「後人の批判を招くのみ」といっている。

私は「顕偽録」全部読み終えて、わからないところもあるが、これは第一に、フェレイラがいうように「キリシタンに慣らされ万民のための戒の書」であるが、第二には「同僚後輩への弁明の書」であり、第三には「カトリック教の論争的性質をうちにしている書」だとおもう。

フェレイラは、第一にデウスが天地万物を創造し、天地万象を作りたまうと教えていることに対して「デウス・ヒイヤツノ一声、カクアレト思召ス一念ヨリ天地万象ヲ作リ出シソノ後アタン（アダム）エハトテ夫婦ノ者ヲ作リ給フナリト」このようにデウスの観念的な希求性と命令性を説明し、天地万象はデウスの一声で創造されたというようなものではない。かりにデウスが万物の作者ならば、すべての国々の人に、その定めを知らせることだろう。アリストテレスもそのような天地の初めは無いといっているといい、自然学的、経験的な人作《にんさく》（人為の法）を強調し、キリスト教の背後連結性というべきイスラエルの命令形の神話性を否定している。

「デウス」は、支那では「天主」と訳されたが、日本でも最初の、「サントスの御作業の内抜書」は神を表すのに天帝、天道、天主、天などと、まちまちに訳されたが「ドチリナキリシタン」（教義書・公教要理とよばれているもの）以後原語主義をとり、ポルトガル語の「デウス」そのまま用いたので、三つの位格を讃えて「デウス・パアテル（天主なる聖父）デウス・ヒリオ（天主なる聖子）デウス・スヒリツ（天主なる聖霊）サントの三つのベルソナ（位格）一つのスプスタンシャ（実体）のデウスさま」このような形で祈った。キリシタンは、三位一体（父と子と聖霊）の信条により「デウス・ヒリオ」（天主なる聖子）が、天地を創造したと信じることにもなるので、フェレイラは、否定的な立場をとり、それは希求的な観念の所産であるということを説明しなければならなかった。

彼は、おそらく、かなり早くから、デウスの観念を自己の欲求にもとづいて解釈していただろう。ヘブライの神、エロヒムは、ヤハエとなり、エホバになったのだから。

カルデヤのウル（バビロニア）生れと伝えられている族長アブラハムは、欠乏から充足を求め、バビロニヤの自主的、多神的神話を改作し、エロヒム（全能者、勢力者、卓越を示すもの）が何ら材料なしに天地を命令的に創造したという形のものにしたい衝動を強くもったことだろう。エジプト生れのモーセは、ドレイの境界にあったイスラエル人を引卒して、エジプトからカナンの地を志してゆく途中、シナイ山で集団の引卒者、新しい国の建設者として強烈な天軍意識をもたねばならなかったから、多神性の尾をもったエロヒムの神にヤハエを発見し、一神教のエホバの神に変えなくてはならなかっただろう。モーセは、ヤハエ・エロヒムを統一した人ともいわれている。

フェレイラは、禁教迫害という外的条件と内的な疑問の発展からデウスを天地創造者とすることができなくなり、アリストテレス的な人間的な意志を持たぬ神、またはスピノザがいう実体にまで変えたくおもったのではあるまいか。

キリシタンの布教方法は、ザビエル以来天体の運行を説明しつつ創造神を説き、日本の伝統的宗教に対して、たえず攻撃的、破壊的、論争的であった。そのことは、最初に出版した「サントスの御作業の内抜書」に殉教の意義や功徳を説いたものや、釈尊をキリストの弟子扱いしている「聖ジョサハッの御作業」を収録している、ということを考えてもわかろう。

支那伝道のマテオ・リッチ（支那名りまとう）の方法は、まず、支那人の習俗に入り伝統（主として儒教）を研究し、上帝に共通性を発見することからはじめ、支那人に上帝を礼拝することを許し、求めるものを与える方法をとったから、天文、地理、数学、哲学、砲術、などを教え、最初に刊行したものは宗教書ではなく、だれにも理解されるユークリットの「幾何原本」であった。それは徐光啓がマテオ・リッチの口訳を筆受したもの。ほかに「万国与図」「測量法義」「乾坤体義」がある。「天主実義」を刊行したのは一六〇三年、支那に入国してから約二十年ぐらい経過している。

日本伝道のバアデレも、天文学や数学を教えはしたが、護教攻撃主義であったから天文書や数学の書を刊行するということはなかった。寛永二十年に転びバテレンとよばれた「顕偽録」の著者フェレイラが、改役奉行に命じられて天文書（乾坤弁説）を口訳した。

日本へ来た初期のイエズス会士たちは日本分析がたりなかった（ザビエルは、日本伝道は支那研究をしなければ成功しないということに気づいたが果せなかった）。バアデレたちにとって仏僧は偶像を拝めという悪魔の手先で、内裏とよばれた天皇は神秘的な偶像、または政治の実力のない僧侶の上にある者にすぎなかった。天皇の位置を見直したのは、天下の君とよばれる秀吉が、天皇の主権を認め、関白職を名誉におもっているということを知ってからで、日本人の背後連結性（天皇と直接に連がる天孫降臨という神話性）を示す日本の歴史と特殊な政治状態を比較的に正しく知ることができたのは十七世紀に入ってからだといっていいだろう。ロドリゲスは将軍を天皇の主権簒奪者と見た。バアデレの中には徳川に代るキリスト教的な実権者の出現を期待する人がいた。

フェレイラは、大追放後二十数年の潜伏生活の中で布教の初期にまでさかのぼって、キリスト教は日本人に何をもたらしたか、と考えなければならなかっただろう。

徳川家康が、キリシタンの出版事業に対抗して幕府創業前の慶長四年に「孔子家語」「三略」「六韜」を、五年に「貞観政要」を、十年に「吾妻鏡」「周易」を、十一年に「武経七書」を、元和元年に「大蔵一覧」を、二年に「群書治要」五十巻を、三要、崇伝、羅山たちに命じて刊行させたということは、家康が、プロテスタント教国（オランダ、イギリス）と、カトリック教国（ポルトガル、スペイン）との対立と、イエズス会とフランシスコ会との門派抗争と、伝統宗教とカトリック教との対立を利用して儒教的な封建体制確立を急いだということであるから、キリスト教の逆作用を批判しなくてはならなかった。

おそらく、フェレイラはイエズス会内部で、とうぜんなさねばならぬ布教方法についての批判と論争をおこたったということと、フランシスコ会その他の会との一致を欠いたということに共同の責任を感じながらも、自己の分裂的実感を、どうにもしようがないところにまで追いこまれたことだろう。

フェレイラは、長い潜伏生活の中で、いかに信徒たちが殉教をさけたがっているかを知り、セルケーラ司教のように「殉教の血はキリシタンの種子」ということはできなくなったとおもわれる。「生ける犬は死せる獅子にまさる」(「伝道の書」九-四)からである。彼は医師であった。しだいに死よりも生へと「伝道の書」の作者コーヘレスのように懐疑の底から生の残額を大切にする思想をいだくようになったことだろう。

「魚ハ遊ブコトヲ思ヒ、虫ハ鳴クコトヲ思フ」このように禁欲的な苦痛からの脱出的な衝動をもった自然的欲望を示している。

スピノザは、フェレイラの言葉を、すくいあげるかのように「魚は最高の自然権によって水をわがもの顔に泳ぐ」(神学、政治論)といっている。各人は欲することを考えいうことが許されるというのである。

フェレイラが原罪の超自然性を指摘し「サンタマリヤニハ、デウスノカクベツノガラサ(聖寵)ニテ咎ナキトノ教ナリ」と、マリヤだけ聖母であることを理由として、原罪がない、一切の罪がないという教であるが、自由のデウスならば、なぜマリヤにだけではなく、すべての人に罪咎がないようにとりはからわないか、と自然性殖を好まない神に抗議するかのような表現をとっているところに、イエスを性殖による人間の子として見、心情の中で受胎されたというふうな詩的想像さえも拒んでいるとおもわせる。彼は、聖寵を得る方法とされている秘蹟を否定的に解釈し、バウチスモという水の授け（洗礼）をしても魂は水では浄められないといい、コンヒサン（ざんげ）コンチリサン（痛悔）に疑惑を示し、エウカリスティア（パンと葡萄酒の授け、最上のふしぎのサクラメントと呼ばれているもの）について、こういっている。

「セスキリシト、晩炊（晩餐）シ給フ内ニ、パンヲ御手ニ取リ、コレ我ガ色身（肉体）ナリ、食セラルト、ノタモフ。同ジク葡萄酒ヲ、コレ我ガ血、飲ミ給ヘト。以後コレヲ行ハルベキタビゴトニ我ヲ思出サルベシト、ノタマフ、今モ罷天連《バテレン》（用字法に注意）セスキリシトノ名代トシテ、ミイサヲ行ヒパンノ上ニ、コレ我が色身ナリ、同ジク葡萄酒ノ上ニ、コレ我ガ血ナリトノタマエバ、セスキリシト直チニ、コレヲ授ケニ御座ストノ教ナリ、鬼利志端《キリシタン》ハ、コレヲ第一ニ用フル授ケナレドモ、コレヲモッテ道理ニカナフ義ニアラズ。言ヲモッテパンハ色身ナリ。酒ハ血トナルコト分別ノ及ブトコロニアラズ。然ラバ、セスキリシト言ニテ我ガ詞ハ人ノ命ナリトノタモウ、ソノ詞、人ノ命トナリ、死スルコト、アルマジキナリ。カヨウノ説ハ、皆メタホア（暗喩）トテ、カク思フベシト云ヘル心ナリ」

このように聖体を否定し、パンとブドウ酒を自然的な物と見ることにとどめている。フェレイラが、パンとブドウ酒の形色にキリストの体と血在《ちいま》すという説はメタホアの世界で、それは、かく思うべしという心を表したものだ、といっているところには、詩的な真実として受容できても儀式化して、ブドウ酒をキリストの血として信仰的に強制することのできない医者としての、ブドウ酒は血ではない、という自然的な実感があるとおもわれる。パンとブドウ酒のない土地でのパンとブドウ酒の授けは、めずらしいことだっただろうから儀式的価値が高いものになるとしても、これは無意味なことだ。

スピノザは、モーセ的律法、祭式主義を非難して「儀式なくしても幸福であることは禁教の日本にいるオランダ東印度のプロテスタントが経験している」といい、「聖書は一切を詩的に描き一切を神に帰する」「ほとんど、すべての人が自分の妄想にすぎないものを神の言葉であると称し、宗教の口実のもとに他の人々を自分と同じ考に強制することをつとめている」といっている。

スピノザは一六五三年、老フェレイラが日本で、いかようにか死んだと伝えている年から四年後、二十四才の時、ユダヤ教会から恐るべき異端の説と驚くべき諸行為ゆえとして破門されたので、身の証をたてるため「弁明書」をユダヤ教会に提出しなくてはならなかった。それから九年後に神の主権の絶対性を主張するカルビン派の神学者の偏見、政治家の専横に対して、思想の自由と言論の自由のために「神学、政治論」を書かねばならなかった。スピノザは、カルビン派の専横圧迫の淵源は旧約聖書のモーセの五書にあるという見地から、旧約聖書（モーセの五書）を撃摧的に解釈し、国家は民衆の福利を志す統治権者に委ねられねばならぬ。モーセによって創られたヘブライ国家の諸規定はヘブライ国家の建設と維持とをのみ目的としたものであるから普遍妥当的なものとはいえない。国家はヘブライの神政国家の諸規定を模範としてはならないし、教権を国家の上において自由の思想圧迫をしてはならない、という意味のことを強調している。

フェレイラは、封建制再編成の日本で転びバテレンとしてスピノザ前にスピノザとは動機を異にして「顕偽録」を書いたのだが、スピノザの聖書解釈と軌道を一つにしているとおもわせるものがある。それはフェレイラが、聖書を神学的に解釈することをやめて、不充分ながら人間的——それは哲学的——な発想で、カトリック教義の根本をなす天啓（啓示）を否定的に解釈しているところに、スピノザが自然を解釈する方法と同じ方法で、聖書に自然的光明をてらして純粋な記録と聖書に関する歴史的事実を資料としてその資料の分析綜合にもとづいて聖書の意味をくみとり、聖書の神学的真理は哲学的真理とは異ったものとし、分離して考えた、それに近いものを、かんじるということである。

フェレイラは、「デウスの授けたまう十の掟《マグメント》といわれている『十誡』を引用して、

(一) 一体ノデウスヨリ外ニ仏ヲ拝スベカラズ。
(二) デウスノ御名ニカケテ虚シキ誓ヒスベカラズ。
(三) トミンコハ、七日毎ニ祝日ヲススムベキコト。
(四) 親ニ孝行スベキコト。
(五) 人ヲ殺スベカラズ。
(六) 邪淫ヲ犯スベカラズ。
(七) 偸盗スベカラズ。

(八) 人ニザンゲンスベカラズ。
(九) 人ノ妻ヲ恋スベカラズ。
(十) 他ノ財ヲミダリニ望ムベカラズ。

コレハ、モイセスト云ヘル人ヲモッテ、シュテヨ（ユダヤ）ノ臣ニ渡シタル法度ナレバ、正路ナルコトナリト、キリシタン教ヘルトイヘドモ保チガタキウエ、国ノタメ万民ノタメナラザルコト、又、義理作法違フコトノミナリ

このように十誡はデウスがモーセに啓示し、ユダヤ人に渡した律法であるから、正しいと教えているけれども（それは神の言ではなく権力的な人の言であるという言葉をひそめて）保持しがたいうえに国のためにならない教だ。第一の掟に「一体ノデウスヨリ外ニ仏ヲ拝スベカラズ」としてあるから、キリシタンになったものは神仏を礼拝せず堂塔伽藍を破壊し国を乱すことになるわけだが、役人や異教徒に「おまえはキリシタンか」と尋ねられたとき「そうではない」と偽って答えてもいいと、げんに教師がすすめているではないかという意味のことをいっている。

おそらくフェレイラは、キリシタンが仏寺を破壊したから仏教徒がキリシタンの教会を破壊するようになったということを考え、潜伏キリシタンが、組の掟に、キリシタンであるという秘密を保持し身を守るため「殉教をさけれるだけさけるために、表面はキリシタンらしくふるまうな。しかし、いつでも殉教してもよいように心をならしておくこと」と組の掟に注意書きをしなくてはならぬとこ

ろに問題があると、いいたかったのであろう。(ハビヤンは「破提宇子《はでうす》」に第一の掟「デウス御一体を万事に超え大切に敬ひ奉るべし」としるしている。現行の「公教要理」には、「我は汝の天主なり。我を唯一の天主として礼拝すべし」としるされている)

フェレイラが第六の掟「邪淫スベカラズ」を引用し、バアデレであっても人によっては西洋でも日本でも妻子をもっているといい、日本に来ているバアデレの中には傾城、白拍子を愛したり寡婦をたよりにし、その家を宿としている人もいる、といっているところには、感性的快楽をともなうという理由で、肉交願望を姦淫と同一視する思想(原罪の帰結としての独身主義的純潔奨励思想)をしりぞけて、結婚奨励性をもつポーロの言葉「自ら制すること能はずば婚姻すべし、情火に悩まんより、結婚するにしかず」を、うちにしているとおもわせるものがある。

フェレイラが第七の掟「偸盗スベカラズ」を引用して、宗旨を使として、インドやフイリッピンなどを切取るといい「五十年以前ニ、ポルトガル、ト、カステラ(イスパニヤ)トイヘル両国ノ帝王、黒船ヲコシラエ人数ヲツカワシ、イマダ知レザル国々ヲタヅネ、ソノ路ヲアケ、売買サセント、クワダテケルヲ、パッパ(教皇)聞キオヨビテ、船路ヲ二ツニ分ケ、右二人ノ帝王ニ申シ、ツカワシケルハ、オノオノノ企テハ国ノ富貴、又ハ宗旨ノ弘マルベキ道ナラバ、モットモナリ」

このように、世界分界線(イスパニヤとポルトガル両国が、将来、新発見地で争を起さぬようローマ教皇の調停で、一四九三年(明応二年)決定されたもの)にふれて教皇がポルトガルとイスパニヤの国王に気ままにキリシタンの宗旨の名の下に国を切りとることを許した、ということは、教皇が国々を盗むことを許したということではないか、日本も今に、どうにもしょうがないことになる、と警告しているところなど、いかにも幕府を代弁しているとおもわせるところだが、フェレイラの批判も織りこまれていよう。

イエズス会士たちには、スペイン系フランシスコ会士、ドミニコ会士、アウグスチノ会士たちが日本に進出したことを分界線による協定を破り、教皇グレゴリウス十三世より受けた「単独布教認可書」（天正十三年）を無視するものとして抗議した歴史的な記憶がある。

門派抗争のはげしいときに、日本伝道に優先的な立場にあるイエズス会に反感を示して、フランシスコ派が教皇庁へ、イエズス会は商利を主として独立国を作る意志がある、というふうな訴状を提出した、ということは、長崎が、天正七年（一五七九年）以後八年間、秀吉に没収されるまで教会領となったことを想起すれば、ぜんぜん根拠のないこととはいえないが、寛永十三年頃になると鎖国的になり、プロテスタント教団のオランダだけが一定の条件で出島に商館を置くことが許されるようになるのだから、事情がちがう。

九州天草地方の信徒間に、いまにも海外の信徒が助けにくるというような夢をいだく人たちがいたとしても、長い迫害のためキリシタン宗旨は秘密宗教化し、その文化は隠在的なものになり、宗教を伴わないオランダ人による浸潤だけになるのだから、フェレイラは、スペイン、ポルトガルが、キリシタンを使として国を奪う、国を切取る、という慶長時代の危機感を強調する気持はなかっただろう。かんじんなことは、ユダヤ教的原理（命令的なもの）をもつ教皇権が、神の名で他国に利己的な服従を強制しているといっているところにあるとおもう。

私は、フェレイラの二十数年間の潜伏生活をいろいろ描いて、科学的、哲学的な受容法と宗教的な受容法の均衡が、とれなくなってゆく過程を、その二十数年間の潜伏生活の、ある時期にみる。しだいに、フェレイラは神のための思想（神に人間の権利を委譲する思想）から人間のための思想に変り、神学を人間学に転換し、医学を中心に儒教や仏教を哲学的に受容していったようにおもわれる。

風説的には、五時間逆さ吊りの刑をうけて転んだと伝えている。彼の後に転んだバアデレ・キアラ（日本名岡本三右衛門）は、拷問の苦痛には克ったが淫欲に負けたと同室に女を入れたことを伝えているが、フェレイラにはそのような道具だてはなくてもいいようにおもわれる。道具だては、死にさえすればローマ教皇庁に殉教者として登録したい人たちや、キリシタンを敵視する仏教徒たちには必要なものだったろう。

「顕偽録」を読んでいると、フェレイラは潜伏生活のある時期に、デウスとは何かという疑問の深さ苦悩の深さからカトリックの教義に批判的になり、神学的方法から人間学的、哲学的方法へと主体的な緊張をもって方法転換しながら日本思想をうけとり、カトリックの思想をプロテスタント的な思想に転化していたとおもわせる。

そのような、カトリックからの離反を意味する思想の変化は、どのような、まじめさをもったものであっても、ヨーロッパではなく、日本の禁教政策徹底という壁にぶつかって生じたのだから、完全屈伏、背徳、無節操、裏切りのそしりはまぬがれなかった。が、フェレイラはキリスト教のもつべき対内的論争性をもって外貌をおそれず内面的には一貫した態度をもっていたとおもわれる。「キリスト教はフェレイラの宗教とは反対に批判と自由との宗教である」「宗教、すくなくともキリスト教は人間が自分自身にとる態度である」（フォイエルバッハ）という言葉を想起する。

フェレイラの場合、日本思想に転向したけれども主軸になるものはキリスト教であったといえよう。外人バアデレが転向したということは、自発的転向のしるしとして「破提宇子《はでうす》」を著した日本人イルマン・不干ハビヤンとはちがって、その転向がどのようないきさつであったにしろ結果には幕府に協力の形だったから内外に与えるショックは大きかった。

「フェレイラは最後には立ち帰って刑死したかもしれない」という風説がたったのは、カトリック側の失望から生れた希求としてみることもできる。おそらく、彼はカトリックに復帰することなく、プロテスタント的な持続的な緊張をもって幕府へ、どのようにか反抗したことだろう。

私は刑死説を打消して、フェレイラは医師としての影響力をもって最善をつくし、潜伏キリシタンの二重信仰（表面は神仏、裏面はキリシタン）を憂慮した利敵行為を試みた、というふうに描きたい。あるいは、もう一度こわさねばならないのかもしれぬ。

編者解説

木村哲也

大江満雄は、多様で異質な人たちが、どうすれば互いに理解し合うことができるかを探究した詩人だ。他者との相互理解に至るために、独自の詩の世界を切り拓き、新たな対話思想を展開した。その詩学の輝きは、現在も魅力を失っていない。

大江は生涯、四冊の詩集『血の花が開くとき』（一九二八年）、『日本海流』（一九四三年）、『海峡』（一九五四年）、『機械の呼吸』（一九五五年）と、晩年に一冊の自選詩集『地球民のうた』（一九八七年）を刊行している。

散文の書き手でもあった。戦前に二冊の評論集『日本詩語の研究』（一九四二年）、『国民詩について』（一九四四年）、そのほか地誌『蘭印・仏印史』（一九四三年）、評伝『日本武尊』（同年）を出し、戦後は三冊の児童文学『うたものがたり』（一九四七年）、『子どものためのイエス伝』（一九四九年）、『リンカーン』（一九五一年）を出している。

本書は、大江の作品を精選し、詩と散文ごとに、それぞれ年代順に配列したものである。詩六十三篇、散文八篇を合わせて一書とした。このうち、詩では「アジアは一つ」「世界樹」「海鳴りの壺」、

「キリスト降誕の夜」「エゴの木」の五篇が、散文では「詩人とユネスコ」の一篇が、このたび単行本初収録となる。

一、複数の故郷

大江満雄は、一九〇六年高知県に生まれた。父は大島（現宿毛市）出身、母は泊浦（現大月町）出身だった。母の実家の泊浦で出生し、その後、父の実家の大島、宿毛、中村と、幡多地方を転々として過ごしている。

父は、東京の親戚の印刷所で印刷の技術を身につけ、宿毛に戻って印刷の仕事をしていたようだ。のちに大江も父に連れられ東京に出て、親戚の印刷所で働くようになる。父はキリスト者であり、大江も幼少時代から父に連れられ宿毛教会（米国長老派教会所属）に通い、東京へ出てからは原宿同胞教会で受洗している。職業と信仰という二つの面で、大江は父から多大な影響を受けて育った。そんな父をうたった詩がほとんどないのは不思議なことだが、「雨」という詩は、絶唱といっていい。

母は、地主階級の有力者の生まれだったようだが、家主の放蕩により没落。大江の周囲が期待した医者や弁護士の進路にも、大江本人が希望した進学にも反対していたようで、「日本海流」「日本語」「古い機織部屋」などの詩には愛憎入り混じった複雑な母親像が見られる。

きょうだいに、弟と妹がおり、「雨」「妹に似てゐるので花売り娘が」といった作品にも登場している。

大江が数えで十五歳のとき、中村の町を台風が襲い、家が流され、経済的困窮から一家は離散する。大江は父に連れられ親戚を頼って上京するが、まもなく父は心労から急死。親戚の家に預けられたとはいえ、天涯孤独な身の上で、詩を書き始める。性急に自立を促された少年の姿がうかがえる。

大江自身は「自伝（神と機械にとらわれた自分について）」の中では「宿毛町に生まれた」と記しているが、先に述べたとおり、本当の出生地は母の実家の泊浦である。また、「日本海流」や「古い機織部屋」といった詩に、母の墓をうたっているが、実際には家庭事情から墓すら建てることができず、大江は詩のなかでしか母の墓を建てることができなかったのだった。大江の故郷についての記述には、多分に意図的なフィクションが含まれていることを指摘しておきたい。

大江の描く故郷は、一つの場所に定まらず、泊浦・大島・宿毛・中村というように、複数の故郷をもとに描かれている。時に黒潮が打ち寄せる断崖絶壁であったり、石油ランプの灯る町であったり、咸陽島を臨む宿毛湾の海辺であったり、四万十川の濁流が逆巻く町であったりした。大江が生涯にわたって、様々な場所に根を持つ人びとに同時に共感を寄せた背景には、こうした生い立ちからくるものがあったのかもしれない。

二、プロレタリア詩人として――他者志向、機械

大江は、第一次大戦後の表現主義の影響を受けて詩作を始めている。それらの作品は、一九二八年、

二十二歳の時に刊行された第一詩集『血の花が開くとき』におさめられている。関東大震災以前に見られた東京の長屋暮らしの庶民や、「乞食」、モルヒネ中毒患者、精神病者、花売り娘、メーデーに参加している母と赤ん坊、肺を病んだ友人……というように、社会の片隅で生きている人たちへのあたたかいまなざしにあふれた作品群である。他者と共に生きようとする意思——これこそ、大江の生涯を貫く姿勢であった。

やがて、大江は、プロレタリア文学運動の時代の波に巻き込まれてゆく。一九三〇年『労働派』を創刊、一九三二年『プロレタリア詩』最後の二冊を編集、一九三四年『詩精神』創刊。プロレタリア詩人会、日本プロレタリア作家同盟にも参加し、プロレタリア詩人として多彩な活動を担った。そのさなか、一九三六年、治安維持法違反で検挙され、三か月留置ののち、転向する。

釈放にあたって、この頃準備していた第二詩集『機械の呼吸』の刊行をとりやめるという条件があったようで、この詩集はやがて戦後の一九五五年になって、第四詩集として上梓された。本書では、第一詩集の後に配置している。現在に至るまで、大江に対するプロレタリア詩人としての評価が低いのは、一九三〇年代に詩集が一冊もなかったことが一因となっているのかもしれない。

この詩集では、「機械」への異様な関心を知ることができる。マルクス主義による科学への信頼はこの頃に始まり、戦中、戦後を通じて変わらぬ姿勢となった。のちに戦争を「機械と機械との戦ひ」ととらえる冷静さを持ち、狂信的な国粋主義とは無縁であったし、戦後は、医学への信頼から、迷妄な偏見に陥らずにハンセン病患者と親交を結ぶに至っている。

三、転向をめぐって

転向後の精神的苦悩は、第二詩集『日本海流』（一九四三年）に収められた詩と、散文「詩の絶壁」「国家と詩」で知ることができる。

転向したといっても、いきなり翼賛的な詩を書き出したわけではなく、日中戦争期の詩は、偽装転向の緊張状態で書かれたと思われる。本書では、詩集収録作品の初出年代を明らかにしていないが、一部を試みに記せば、「墓碑銘」（一九三八年六月）、「義眼」（一九三九年四月）、「道」（一九三九年四月）、「飢ゑ」（一九四〇年七月）。これらの詩は、偽装転向下で書かれたものと推測される。大江の戦争詩の水準の高さを知ることができるだろう。

この時期の詩論のなかでも特に大江の心の内をあらわしているのが、「詩の絶壁」（一九四〇年八月）である。ここで大江は、安易な感情に流されずに、絶壁に立つごとく緊張感をもって詩をうたえと自戒している。転向後の張り詰めた詩は、このような精神的緊張のなかから生れた。

そんな大江も、大きく国策協力に舵を切る地点がどこかにある。詩の初出時期から推測すると、おそらく、「南方への歌」（一九四〇年十一月）あたりを契機に、大江は姿勢を変えている。その後、「明け方に戦死者を弔ふ歌」（一九四一年三月）、「海鷲」（一九四二年二月）、「四方海」（一九四三年六月）というように、いわゆる戦争讃美に彩られた詩を発表してゆく。しかしここでも、安易な感情に流されずにうたう、という一線は守り続けていることがわかるだろう。

この時期の詩論「国家と詩」（一九四二年九月）にも、それは明らかだ。ここで大江は、国家が滅びるという経験をもたない日本人は、神への救済願望を持たないから、安易に自己を国家に同一化してしまうと批判する。

さらに「その時、彼らは父が酸っぱき葡萄を食らひしによりて児子の歯は齼くと再びいはざるべし。人はおのおの自己の悪によりて死なん、凡そ酸き葡萄をくらひし人はその歯齼く」という旧約『エレミヤ記』第三十一章二十九―三十を引いている。父祖の罪科を子が負う必要はない、人はめいめい自分の罪によって死ぬ、という一節である。すなわち、天皇の犯した罪を、その赤子である国民が負う必要はないとの含意で、個人の自覚に立脚して詩をうたうことを主張するのだ。時代状況を考えれば驚くべき発言である。

同時期の日本思想史のなかで、最良の思索がここにあらわれているのではないだろうか。

四、戦後の再起――ユネスコ運動と児童文学

戦後、大江が再出発にあたり、もっとも深く関わったのは、児童文学の世界であった。新たな社会をつくる担い手となる子どもたち相手に理想を語ることを選んだのである。

一九四七年から一九五二年にかけて、『少年クラブ』『少年』『こどもクラブ』『小学校三年生』『ぎんのすず』『幼年』といった児童雑誌に、子ども向けの詩や童話を発表している。

この時期刊行された単行本は、『うたものがたり』（一九四七年）、『子どものためのイエス伝』（一九四九年）、『リンカーン』（一九五一年）と、すべて児童文学の作品であった。

本書では『小学六年』（一九四九年一月）に発表された詩「世界樹」を収載した。ここでも大江は新たな時代の幕開けにあたって、その心境を「さめきったよろこび」と表現する。透徹した冷静なまなざしで、新たな時代を生きようとしていた点を見るべきだろう。

児童文学への関心は、大江が一九五〇年代から取り組んだユネスコ運動とも無縁ではない。その考えは、「詩人とユネスコ」（一九五〇年八月）で語られている。大江は、女性や子どもたちに根を下ろすユネスコ運動でなければならないといい、世界的な視野で詩人たちが交流することを理想に掲げている。

当時日本は占領下にあり、国連に未加盟の時代であった。組織によらず個人で運動を始めるのが大江の流儀で、「ユネスコ青年詩人クラブ」（「ユマニテ青年詩人クラブ」とも）を一人で結成し、ハンセン病療養所にいた若き詩人の國本昭夫、谺雄二、志樹逸馬らを誘ったりもした。

大江による児童文学の仕事やユネスコ運動との関わりについては、ほとんど注目されていない。改めて光が当たることを願っている。

五、『辻詩集』と『死の灰詩集』をどう読むか

一九五〇年、大江は現代詩人会（現・日本現代詩人会）の結成の発起人となるなど、戦前から引き続き詩壇の中枢にいたはずだが、次第に中央の詩の雑誌には作品を書かなくなってゆく。

考えられるのは、鮎川信夫による批判だ。「『死の灰詩集』の本質」（東京新聞一九五五年五月十五日）に始まる「『死の灰詩集』論争」で鮎川は、戦争讃美の詩を集めた日本文学報国会編『辻詩集』（一九四三年）と、アメリカのビキニ岩礁の水爆実験に抗議する現代詩人会編『死の灰詩集』（一九五四年）との共通点を指摘する。どちらも「復讐心、排外主義、感傷に訴えようとしている」点で同根だと批判したもので、そこで名指しで批判されたのが『辻詩集』『死の灰詩集』双方に詩を書いていた大江満雄であった（鮎川信夫「『死の灰詩集』をいかに受け取るか」（『短歌』一九五五年七月）。

しかし、果たして、大江の詩はそんなに醜悪なものであったのだろうか。

『辻詩集』に発表された大江の詩「四方海」（初出は『知性』一九四三年六月、その後詩集『日本海流』一九四三年九月への収録を経て『辻詩集』に収録された）は、次のような詩だ。

「日本列島は不滅の巨艦」とうたい出しておきながら、「きのふ海戦に勝てど／けふ我が方も撃沈さるとおもへ」と冷静な合理精神に基づき戦争をうたっている。「機械と機械との戦ひ」の前に、戦意高揚のスローガンは無力だと大江はいうのである。

いっぽうの『死の灰詩集』掲載の大江の詩は、「アメリカ人におくる三つの詩」である。敵対する

相手に向けて「アメリカの友よ」と呼びかけ対話を試みる詩だ。これを「排外主義」とする鮎川の批判は、果たして正当なものであったのだろうか。

当の大江は、鮎川の批判にいっさい答えず、沈黙を守った。代わりに、この論争が交わされているさなか、『現代日本詩人全集　全詩集大成　第十四巻』（東京創元社、一九五五年五月）で自選アンソロジーを編み、「四方海」をはじめとするいわゆる翼賛詩を省かずに収録している。多くの詩人が、戦後に編んだ自選詩集に、戦中の詩を省いて何食わぬ顔でやりすごした例は多い。大江はそうした姿勢からは無縁であった。それが大江なりの鮎川への応答であり、戦争責任の取り方であったのだ。

ちなみに文学者の戦争協力に対し容赦ない批判を浴びせたことで知られる吉本隆明は、大江の翼賛詩を数少ない例外として擁護している。「戦争中の現代詩――ある典型たち」（『国文学　解釈と鑑賞』一九五九年七月）のなかで、大江の翼賛詩「海鷲」は、特攻隊として大空で戦死し散ってゆく青年たちの心情を描くことに成功しており、翼賛詩でありながら「現代詩」として十分に鑑賞に足るものであることを論じた。これは慧眼というほかない。

六、ハンセン病の人たちと共に

一九五〇年代から大江は、ハンセン病療養所の詩人たちと共に詩を書き始める。

ハンセン病患者との関係を背景にもつ詩は、「海での断想」のなかの「彼のなかに」をはじめ、「癩者の憲章」「歌の中の歌」「崩壊」「エオン」「熱的な死がよみがえる時」など数多い。

また、詩論として、ハンセン病文学を主題とした「ライ文学の新生面」がある。戦前から「癩文学」として知られる北條民雄、明石海人らが、時代状況を反映して、恐怖・屈辱感から自由でないのに対して、戦後の療養所は、日本国憲法による人権保障、さらに新薬プロミンによる治療の可能性を背景に、変革への意思を鮮明にした「新生面」を打ち出していることに着眼した独創的な批評である。

そうした「新生面」を感じさせる作品を集めた画期的な試みが、大江による編集・解説で刊行された合同詩集『いのちの芽』(一九五三年。現在は岩波文庫で読める)であった。全国八つの療養所から七十三人が参加したもので、自らの境遇を「宿命」視する古い意識を打ちこわし、連帯・希望・再生を訴える新たな文学運動へのコミットメントであった。

「癩者の憲章」も「ライ文学の新生面」も『いのちの芽』も、一九五三年に発表されていることは偶然ではない。この時期、国による隔離政策を定めたらい予防法案に対し、患者側は治る時代にふさわしい人権に配慮した法律に改正するよう激しい人権闘争を展開した(らい予防法闘争として知られる)。そのさなか、大江は支援の意味を込めてこれらの詩や散文を書き、社会に広く読まれるようはたらきかけたのである。

ハンセン病の詩人たちとの交流は、大江が一九九一年に亡くなるまで四十年余にわたって続いた。

七、アジアへの関心――戦時と戦後を貫くもの

大江は、生涯、アジアとの関係のなかで詩学を構築した詩人である。一九二六年、二十歳のときに創刊した『文藝世紀』は、同じ職場の印刷所の同僚・金貞泰を同人に誘っている。また『野獣群』の金熙明らにも寄稿を求めている。最初期から、大江の周りには朝鮮半島出身の詩友たちがいたのだ。「二人の浮浪者ぢやない」には、「朝鮮労働者」との胸を震わせるような交歓の場面が描かれている。

戦時期には、「国語の純粋性の問題」という主題で以下のように書いている。

「日本語の純粋性というところには、とかく、狭義の国粋主義の立場におちやすいが、国語とは、朝鮮人、アイヌ人、南洋人につながるもので、ウラルアルタイ語族といわれる日本語の性質は、それらの民族の血をうけて統一されたものであるから、古代において深いつながりをもったように今日も深いつながりをもっている。国語の純粋性をたもつということは一方で、これらの民族を日本民族から切り離して考える傾向もあるが、かれらの言葉の血が流れ入ることをさけてはならぬと思う。〔中略〕国語の純粋性ということは、一方で外来語を、とり入れて生活する世界交流の中でいうことであり、したがって、すべての外国語を排することはできない」(『日本詩語の研究』一九四二年)。

これらの言説を、大東亜共栄圏のプロパガンダであると指摘することはたやすい。しかし大江は、生来の他者志向の延長に、アジア主義・大東亜共栄圏の言説に足を踏み込んでいる。戦後も、このよ

うなアジアへの志向を手放さなかった。一九五三年には『亜細亜詩人』という雑誌を創刊し、アジアの詩人たちとの交流の場を自らつくっている。

戦後まもなく、アジア大学（現在の亜細亜大学ではない）を、故郷の宿毛に創設しようと構想し、同郷の政治家に働きかけたこともあったらしい。大江は、インドの詩人タゴールが、民族や宗教、階級の対立を超える学習の場として設立したタゴール国際大学にならい、さまざまな立場を超えて共に学ぶ場をつくろうと、この大学を構想した。

その構想は、ハンセン病療養所・栗生楽泉園で一部実現する。一九五三年三月、大江の発案で「教養大学講座」が開設され、一九五八年十月までの五年間にのべ八十四人の講師を招いた記録が残っている。詩人の山室静、哲学者の鶴見俊輔、歌人の中野菊夫ら多くの知識人が講師として協力している。隔離政策下で閉ざされていた療養所の壁を越えようとする画期的な試みであった。

その後、このアジア大学の構想は、奈良市に設立されたハンセン病回復者の宿泊施設・交流（むすび）の家の建設運動に引き継がれる。交流の家は、一九六三年とあるハンセン病回復者が宿泊施設の利用を拒否されたことをきっかけに、学生グループであるフレンズ国際労働キャンプ（ＦＩＷＣ）関西委員会のメンバーを中心に、奈良市にある神道系の宗教団体の大倭紫陽花邑から土地の提供を受けて建設運動を進め、一九六七年に竣工した。現在も、特定非営利活動法人むすびの家として活動を続けている。大江も当初から設立運動の支援を惜しまなかった。

大江が提唱した「ライはアジア」という言葉がある。ハンセン病はアジアに多いから、日本のことだけを考えることなく、病気を通してアジアの病者と連帯しようという意味が込められている。この言葉は、交流の家建設を進めるにあたって、学生たちの心をとらえる合言葉となった。

戦時に、地球大・宇宙大の視野で書かれた「地球民の歌」、日本文学報国会編『大東亜』（一九四四年）に寄せた翼賛詩「アジアは一つ」から、戦後の「世界樹」「地上に」「ゆめの中でわたしは思った」「日本語」「一つの世界を」「海」など、晩年に至る作品にまで、アジアをはじめ世界の人びとと共に生きたいという姿勢でうたわれている。

人種、民族、言語、文化の混交のなかに身を置いて、かれらとの関係を結ぶことを志向する大江の詩学は、時代を超えて今なお新鮮である。

八、キリシタン研究

戦後の大江の仕事で、もうひとつ重要なのが、一九六〇年代に本格化する一連のキリシタン研究である。

キリスト者であった大江は、キリスト教とマルクス主義という外国から輸入された思想が国家権力に屈するという自身の転向の経験と重ね合わせて、キリシタン弾圧を信仰者がどのように受け止めたかを探求してゆく。

この時期発表された作品に、五島列島や天草のキリシタンを取材して書いた詩「海鳴りの壺」「キリスト降誕の夜」や叙事詩「殉教――中浦ジョリアノの肖像」があり、また転宗キリシタンに関する論考として、「キリシタンの転向――イルマン不干ハビヤンの場合」（一九五九年九月）、「日本思想への転向者フェレイラ」（一九六二年七月）、「浦上キリシタン農民の論争性――維新政府の象徴押しつけにたいする抵抗について」（一九五七年十一月）などがある。

自主的に棄教したのちキリシタン弾圧に協力した修道士・ハビアンのような人物から、浦上四番崩れの弾圧に最後まで屈せず信仰を守り切った農民・高木仙右衛門のような人物まで、さまざまなタイプのキリシタン弾圧への対応の型を明らかにしていった。

本書に収録したフェレイラ論は、なかでも白眉の論考である。もともと、大江は戦時中からすでに「長崎」という詩で、転向者フェレイラをとがめることなどできない自身の心境をうたっていた。そのフェレイラが、弾圧に屈して棄教し、キリシタン弾圧に協力したとされる一方で、晩年はキリスト教に立ち帰ったとする通説を見直し、日本思想を受けとる過程で、カトリックからプロテスタントの思想に転じ、幕府へ抵抗した可能性を論じている。

自身の転向後の悪戦苦闘の精神履歴がなければ書けない内容であり、これまでほとんど読まれて来なかったこの分野の一連の仕事の再評価も待たれる。

九、エゴの木――欲望の肯定

大江の著作は、かなり硬質な思想と倫理観を感じさせる。しかし、忘れてはならないのが、欲望のもつ可能性を肯定する側面があることだ。

「エゴの木」という晩年の詩にそれはあらわれている。大江は、晩年、「エゴの木」を主題にくり返し詩を書いた。初出は、「エゴの木」（『キリスト新聞』一九七八年一月一日）。そして、本書に収めた「エゴの木」（『詩学』一九七九年四月）。さらに、「夢の中で人間のエゴの木が燃える時」（『木馬』一九七九年七月）とつづく。

植物のエゴの木と、人間のエゴ（自我）を重ね合わせてうたったものだ。エゴの木に有用な油がとれる実がなるように、人間のエゴ（自我）を否定するのではなく、その延長に「全我」となる日が来るといい、とうたうのだ。

「エゴの木」という詩の発想は、日本人のエゴ（利己心）の肥大化が誰の目にも明らかとなった高度経済成長期を経て出てきたものだとばかり思っていたが、かれが一九五〇年代に詩の選者をつとめた、ハンセン病療養所・栗生楽泉園の機関誌『高原』の詩の選評の中に、次のような一節を見つけて目が釘付けになった。

「「エゴを死刑にしてやりたい」これは、なかなかおもしろいが、（略）エゴというものは社会愛人類愛と切り離すことはできないものだと思う。作者の自己にきびしい態度に好感もてるが、エゴを虐殺すると社会愛とか人類愛の生彩がなくなると思う。自我は人間の表現的実際活動によって社会我世界我に成長するといいたい」（大江満雄「短評」『高原』一九五五年一月）。

晩年の詩「エゴの木」のエッセンスが、ほぼ完全なかたちでこの選評の中に見てとれる。一九七八年に最初の「エゴの木」を発表するまで、二十三年ものあいだ、大江はこの発想をあたためつづけていたことになる。晩年の詩とされてきたこの作品も、高度成長が始まる以前の一九五〇年代に着想を得ていたとなると、時代を超えてうたわれた人間肯定の詩として受けとることができるだろう。

十、新たな対話論へ――ヘゼット（関係的誠実・真実）

最後に、大江が展開した対話思想を取り上げておきたい。

冒頭に述べたように、大江は、多様で異質な人たちが、どうすれば互いに理解し合うことができるかを探究した詩人だ。大江の他者論の面白さは、その他者の中に敵対する相手も含めていることである。かれらとどのようにしたら互いに承認しあえるのか。きわめて現代的な主題に大江は取り組んでいる。

それらの思索は、「詩の表現自覚」「私の詩法」などの詩論に端的にあらわれている。

人間どうし――我と汝は、もともと隔たって存在しており、その間を認識せず安易に相手に一体化することは正しくない。その間を認識したうえで相手との対話を重ね、関係を結び合うことを理想として掲げている。

その理想の関係を旧約にしばしば登場するヘブライ語の「ヘゼット」（正しくは「ヘセド」というらしい）という言葉に見いだしている。もともと、神と人、人と人とが信頼をもって結び合う関係を意味する言葉だ。大江はその語に「関係的誠実」あるいは「関係的真実」という訳語をあてている。

我と汝、彼我の隔たりをうたった詩は、第四詩集『海峡』に収められた「ツガル海峡で」「一つの世界を」などがある。我と汝という時の「汝」には、人間だけでなく動植物などの自然界の存在も含まれており、そうした大江の他者認識は「花」という詩にもよくあらわれている。

もっとも、大江の詩には、「彼のなかに　私がいる」（「海での断想」の「彼のなかに」）や、「私の中の癩者は、さけぶ。」（「癩者の憲章」）といった詩句も見られる。生来の大江の資質はこうした止みがたい他者志向性にあったのであろう。しかしこれらの詩は、上記のような隔たりを意識した対話の詩学の展開のなかで、第四詩集『海峡』にはあえて収められなかった。

以上見てきたように、大江の関心の対象は多岐にわたるが、主題は一貫して、他者と共にあろうという理想であった。他者とどのような関係を結べるか。敵対する相手さえ含む他者と相互理解に至るための対話の詩学を築くこと。大江が生涯を賭けて格闘したのが、このことだった。この点こそ、大江の思想的到達点といってよい。

東日本大震災以降度重なる災害による分断。格差の進行と新自由主義の瀰漫。ＳＮＳ時代で誰とも容易につながれる反面、一瞬でそのつながりを絶ち切れる関係の稀薄さ。コロナ禍による他者との断絶。私たちの生きる現場は、このような困難に取り囲まれている。

生きづらさを抱えている他者と共にあろうとする志向。誠実な関係を結び、対話をつづけたいという理想。大江が取り組んだのは、極めて現代的なテーマではないだろうか。いま、大江満雄を読む意味は、ここにある。

大江が生涯かけてのこした詩と散文を、読者と共に、いまこそ受け止めたい。

編者あとがき

大江満雄には、生前会ったことがある。

東京宿毛会という、高知県宿毛出身で東京近郊在住者の集まりだった。中学三年生の私に、八十歳の老詩人は、情熱をこめて語りかけてきた。堰を切ったような話し方で、相槌を打つ間もなかった。話の内容のほとんどは理解できなかったはずだが、その真摯さだけは深く私の記憶に刻まれた。私にとって、私のことを子ども扱いしなかった初めての大人が、大江満雄だったのだ。

一九九一年十月十二日、大江は八十五歳で亡くなった。その訃報記事は、全国紙に顔写真入りで掲載された。私もそれを見て、久しぶりに大江のことを懐かしく思い出していた。記事にはお別れ会の日程も記されており、出かけてみることにした。私は大学生になっていた。

会の席上、一つの大きな出会いがあった。大江と関係が深かった哲学者の鶴見俊輔がお別れの言葉を述べたのだ。その場でつながりができた鶴見に、後日、私は大江満雄の著作集を出すことができないか、という相談の手紙を書いた。当時、大江について知りたいと思っても、著作のすべてが絶版で入手困難になっていた。今思えば向こう見ずな話なのだが、どこの馬の骨ともわからない学生の便りに対し、鶴見から「思想の科学社でよければ協力しましょう」という返事が届いたのだった。

こうして、鶴見俊輔をはじめ、渋谷直人、森田進、そして私を編者として、『大江満雄集——詩と評論』は、思想の科学社から一九九六年に刊行された。

『大江満雄集――詩と評論』が出て以降、いくつか重要な大江満雄論があらわれている。

大江の全生涯を見渡したものに、渋谷直人『大江満雄論――転形期・思想詩人の肖像』（大月書店、二〇〇八年）がある。大江の「他者志向性」をいち早く指摘したのも、渋谷直人であった。

個別分野としては、機械論については、鳥居万由実『「人間ではないもの」とは誰か――戦争とモダニズムの詩学』（青土社、二〇二二年）、戦争詩の評価については、瀬尾育生『戦争詩論――1910-1945』（平凡社、二〇〇六年）、アジア論については、高草木光一『鶴見俊輔　混沌の哲学――アカデミズムを越えて』（岩波書店、二〇二三年）などがある。

ハンセン病問題への取り組みについては、森田進『詩とハンセン病』（土曜美術社出版販売、二〇〇三年）がある。また、私的な仕事を記して恐縮だが、木村哲也編『癩者の憲章――大江満雄ハンセン病論集』（大月書店、二〇〇八年）、木村哲也『来者の群像――大江満雄とハンセン病療養所の詩人たち』（編集室水平線、二〇一七年）、木村哲也編『内にある声と遠い声――鶴見俊輔ハンセン病論集』（青土社、二〇二四年）などもあり、あわせて参照されたい。

上記のいずれの関連著作でも『大江満雄集――詩と評論』が参照されており、同書を出した意味はあったわけだが、定価二万五〇〇〇円もする高価なもので、一般の読者が手にするのは困難となっていた（現在も版元に在庫はあり、入手は可能）。

それには理由がある。同書の編集会議の席上、鶴見俊輔はこのような大部なものではなく、作品を精選して、誰もが手に取りやすい頁数と価格帯の本をつくりたいと主張していた。ところが、大江の弟子筋にあたる他の編者が、この機会を逃したら大江の著作集は二度と出ることはないだろう、だからできるだけ多くの作品を収録したいと主張して、結果的に鶴見が折れるかっこうで決着がついた。

このたび上梓される『大江満雄セレクション』は、いってみれば当初鶴見俊輔が構想した大江満雄集に近い体裁になっている。


二〇二四年二月、茨城県稲敷郡阿見町実穀にある大江満雄旧宅を訪ねた日のことは忘れ難い。多くの木々に囲まれたこの家を大江は「風の森」と名付けて終の棲家とした。

大江邸は、大江が亡くなったあと、同居していた妻のマツさんが子どもたちの住む都内へ越して、空き家となっていた。さらに近々、取り壊されるというので最後に一緒に見に行きませんかと声をかけていただき、ご親族同伴のもと訪問したのであった。

大江邸といっても、木造平屋のごくごく質素な建物であった。ただし、隠棲したというわけではない。大江は晩年まで、この小さな場所で、闘う姿勢を崩さなかった。ただ大江ほどの仕事をのこした詩人が、世俗の名声や財産からは、はるか無縁の暮らしをしていたという事実を、ここに書き記しておきたい。

二〇二四年十一月、福岡市の友人に会いに行く機会があり、その友人の紹介で会うことになったのが、書肆侃侃房の編集者・藤枝大さんだった。事前に連絡をとると藤枝さんは即座に、「本のあるところajiroで木村さんのトークイベントをやりましょう」と提案し、あっという間に準備を進め、実現してしまった。

その年の夏に、大江満雄が編集したハンセン病療養所の合同詩集『詩集　いのちの芽』が岩波文庫に入り、その解説を私が担当していた経緯があったので、ハンセン病文学の魅力について福岡の皆さんを前にお話しする機会を与えてくださったのである。

会は盛況だった。打ち上げの席で博多のもつ鍋をつつきながら、藤枝さんは「今度は大江満雄の作品集をつくりましょう」と提案した。酒の勢いということもあるだろうと、半信半疑で聞き流していた。ところが、私の福岡滞在中の翌々日、天神に呼び出された私は、それが夢でも出まかせでもなく、藤枝さんが本気だということを知ったのである。

ちょうど、『詩集　いのちの芽』が岩波文庫に入り、編者の大江満雄に関心を持つ読者は増えているのに、手に取れる大江の著作がない。『大江満雄集——詩と評論』が一九九六年に出てからじつに二十八年が経過し、刊行当時と同じような状況が生まれていた。

その後は、藤枝さんの驚くべき編集ワークで、本書が出来上がった。あとは新たな読者が現れるのを待つばかりである。

＊

本書を刊行するにあたり、多くの機関と個人にお世話になった。作品収集にあたっては、国立国会図書館、日本近代文学館、岡山県立図書館、国立ハンセン病資料館図書室を利用した。編集室水平線の西浩孝氏には多大なご理解とご協力を賜った。大江満雄のご遺族の大江道子氏、大江夏木氏は、出版を快諾くださったばかりか、大江満雄に関する貴重な思い出話を聞かせてくださった。さまざまな方の協力があって本書は完成した。記して感謝を申し上げたい。

大江満雄年譜

一九〇六年（明38）
七月二十四日、高知県幡多郡奥内村泊浦（現・大月町）に、大江馨、ウマの長男として出生。
一九一四年（大3）頃　八歳
父が受洗した宿毛教会（米国南長老教会所属）の日曜学校に通う。
一九二〇年（大9）　十四歳
中村が大洪水に襲われる。父馨は、印刷会社を経営する親戚を頼り満雄と共に上京。同年、馨は心臓麻痺で永眠。満雄は働きながら石版印刷の技術を習得。
一九二三、二四年（大12、13）頃　十七、十八歳
日進英語学校、労働学院に通う。原宿同胞教会（現・日基教団原宿教会）で横田格之助牧師から受洗。生田春月主宰『詩と人生』に最初の作品を発表。準同人。
一九二六年（大15）　二十歳
四月、『文藝世紀』創刊。
一九二八年（昭3）　二十二歳
勤めをやめて、『雑居区』『詩神』『宣言』『学校』などに寄稿。七月、第一詩集『血の花が開くとき』誠志堂より刊行。
一九三〇年（昭5）　二十四歳
三月、『労働派』創刊。この年、三か月間、長崎へ放浪の旅に出る。

一九三一年（昭6）　二十五歳
京都第一工業研究所に勤務。京都から戻り、三月十日、稲川マツと結婚（一男二女あり）。
一九三二年（昭7）　二十六歳
『プロレタリア詩』最後の二冊を編集。
一九三四年（昭9）　二十八歳
二月、『詩精神』創刊。
一九三六年（昭11）　三十歳
十月、治安維持法違反で検挙され、三か月間留置される。転向。
一九三八年（昭13）頃　三十二歳
日本放送出版協会に勤務（一九四一年三月まで）。
一九四〇年（昭15）　三十四歳
『歴程』同人。
一九四二年（昭7）　三十六歳
五月、評論集『日本詩語の研究』山雅房より刊行。
一九四三年（昭18）　三十七歳
一月、地誌『蘭印・仏印史』鶴書房より刊行。八月、第二詩集『日本海流』山雅房より刊行。
十二月、伝記『日本武尊』教材社より刊行。
一九四四年（昭15）　三十八歳
五月、評論集『国民詩について』育英出版より刊行。

一九四六年（昭21）　四十歳
二月、『現代詩』参加。
一九四七年（昭22）　四十一歳
二月、童話集『うたものがたり』宝雲舎より刊行。七月、『至上律』参加。
一九四九年（昭24）　四十三歳
トラピスト修道院への旅に出る。十一月、伝記『子どものためのイエス伝』講談社より刊行。
一九五〇年（昭25）　四十四歳
一月、現代詩人会（現・日本現代詩人会）結成。発起人の一人となる。この年以降、五島列島へ、キリシタンの調査研究を行なうようになる。この頃よりユネスコ運動に参加。
一九五一年（昭26）　四十五歳
四月、伝記『リンカーン』小峰書店より刊行。
一九五三年（昭28）　四十七歳
二月、ハンセン病療養所、栗生楽泉園の機関詩『高原』詩の選者となる（一九五五年十二月まで）。四月、全国ハンセン病療養所入所者の合同詩集『日本ライ・ニュー・エイジ詩集　いのちの芽』を編集・解説、三一書房より刊行。十一月、『亜細亜詩人』創刊。この年前後に、思想の科学研究会会員となる。
一九五四年（昭29）　四十八歳
十一月、第三詩集『海峡』を昭森社より刊行。
一九五五年（昭30）　四十九歳

一月、第四詩集『機械の呼吸』アジア詩人研究会より刊行。
一九六三年（昭38）五十七歳
茨城県稲敷郡阿見町実穀一二九八－二に移住（最終の地となる）。
一九七六年（昭51）七十歳
七月、ハンセン病療養所、長島愛生園の機関誌『愛生』詩の選者となる（一九九一年四月まで）。
一九七九年（昭54）七十三歳
六月、日本現代詩人会から先達詩人として顕彰される。
一九八六年（昭61）八十歳
八月、日本現代詩人会の名誉会員となる。
一九八七年（昭62）八十一歳
六月、自選詩集『地球民のうた』土佐出版社より刊行。
一九九一年（平3）八十五歳
四月、高知県中村市（現・四万十市）の四万十川河畔に詩碑「四万十川」が建立される。十月十二日、心不全のため永眠。

※この年譜は、木村哲也・渋谷直人・鶴見俊輔・森田進編『大江満雄集』（思想の科学社、一九九六）所載の「年譜」をもとに、編者が作成した。

出典一覧

詩

『血の花が開くとき』（誠志堂書店、一九二八年）より

病んでゐた少女
五月と乞食
モヒ中毒患者
父親
精神病者
妹に似ているので花売娘が
メーデーの写生
血の花
友情
草の葉

二人の浮浪者ぢやない……『学校詩集　一九二九年版』学校詩集発行所、一九二九年

『機械の呼吸』（アジア詩人研究会、一九五五年）より

機械の呼吸
音のない大砲
乳のでない母とミルクで育った子達に
アディスアベバの老母
雪の中で
わたしのなかに機械の呼吸がある
機械

『日本海流』（山雅房、一九四三年）より

日本海流
南方への歌
明け方に戦死者を弔ふ歌
義眼
飢ゑ
墓碑銘
道
海鷲
鷲
二つの歌
長崎
崖上の花をとり
四万十川
光の山
ねむる時
地球民の歌

四方海……日本文学報国会編『辻詩集』八紘社杉山書店、一九四三年
アジアは一つ……日本文学報国会編『大東亜』河出書房、一九四四年
世界樹……『少学六年』第三巻第一号、一九四九年一月
癩者の憲章……『新日本文学』第八巻第二号、一九五三年二月
海での断想（抄）……『亜細亜詩人』創刊号、一九五三年九月
地上に……『亜細亜詩人』第二号、一九五四年六月
アメリカ人におくる三つの詩……現代詩人会編『死の灰詩集』宝文館、一九五四年十月

『海峡』（昭森社、一九五四年）より

敗戦の日
ある戦死者のための墓碑銘
自戒のための二行詩　三篇
ゆめの中でわたしは思った
日本語
ツガル海峡で
一つの世界を
雨
花
古い機織部屋
かえることのない一回的な言葉
歌の中の歌
崩壊
エオン
熱的な死がよみがえるとき
あのとき
海鳴りの壺……『キリスト新聞』一九六三年十一月九日
キリスト降誕の夜……『キリスト新聞』一九六五年十二月二十五日
エゴの木……『詩学』第三十四巻第四号、一九七九年三月

自選詩集『地球民のうた』（土佐出版社、一九八七年）より

海
へぜっと……『火片』第一一五号、一九九〇年九月
死が　静かにやってくる……『火片』第一一九号、一九九一年十二月

散文

詩の絶壁……『蠟人形』第十一巻第七号、一九四〇年八月
国家と詩……『歴程』第十九号、一九四二年九月
詩の表現自覚……『歴程』復刊第四号、一九四八年五月
私の詩法……『詩と詩人』第十一巻第七号、一九四九年七月
詩人とユネスコ……『新詩人』第五巻第八号、一九五〇年八月
ライ文学の新生面……『新日本文学』第八巻第十号、一九五三年十月
自伝（神と機械にとらわれた自分について）……『現代日本詩人全集　全詩集大成　第十四巻』東京創元社、一九五五年五月
日本思想への転向者フェレイラ……『思想の科学』第五次第四号、一九六二年七月

■著者プロフィール

大江満雄（おおえ・みつお）

1906年高知県生まれ。詩人。10代で父とともに上京。原宿同胞教会にて受洗。詩を書き始める。プロレタリア文学運動の中心で活躍。そのため治安維持法違反で検挙、転向。以後、戦争詩を書く。戦後はヒューマニズムを基調とする思想的抒情詩を多数発表した。詩集に『血の花が開くとき』(1928年)、『日本海流』(1943年)、『海峡』（1954年）、『機械の呼吸』（1955年）、『自選詩集　地球民のうた』（1987年）。その他、ハンセン病療養所入所者の合同詩集『いのちの芽』編集、解説。多くの評論、児童文学の作品ものこした。1991年心不全により死去。享年85。没後、『大江満雄集―詩と評論』（思想の科学社、1996年）が刊行された。

■編者プロフィール

木村哲也（きむら・てつや）

1971年生まれ。国立ハンセン病資料館学芸員。2023年に企画展「ハンセン病文学の新生面　「いのちの芽」の詩人たち」担当。大江満雄編『詩集　いのちの芽』（岩波文庫、2024年）解説を執筆。著書に『『忘れられた日本人』の舞台を旅する―宮本常一の軌跡』（河出文庫、2024年）、『来者の群像―大江満雄とハンセン病療養所の詩人たち』（編集室水平線、2017年）、編著に『内にある声と遠い声―鶴見俊輔ハンセン病論集』（青土社、2024年）など。

大江満雄《おおえみつお》セレクション

2025年3月14日　第1刷発行

著者　大江満雄
編者　木村哲也
発行者　池田雪
発行所　株式会社 書肆侃侃房（しょしかんかんぼう）
〒810-0041　福岡市中央区大名2-8-18-501
TEL 092-735-2802　FAX 092-735-2792
http://www.kankanbou.com
info@kankanbou.com

編集　藤枝大
デザイン　成原亜美（成原デザイン事務所）
装画　古田洋志
DTP　黒木留実
印刷・製本　モリモト印刷株式会社

ISBN978-4-86385-662-2　C0092